甘すぎる求愛の断り方

Haruka & Arata

橘 柚葉

Yuzuha Tachibana

EB

エタニティ文庫

目次

甘すぎる求愛の断り方

1

「眼鏡男子は、もう、こりごりだぁぁ！」

上座の方にちょっとしたステージもある、四十畳ほどの宴会場。そんな場で、私は叫んでいた。

ただ、周りは酔っ払いばかりで騒がしく、私の嘆く声はすぐにかき消される。

今日は、会社の忘年会だ。

会場は会社最寄り駅から二駅ほど離れた場所にある居酒屋『沙わ田』。お店の二階を貸し切りにし、私の所属する総務部総勢五十名での大宴会が夜七時より行われている。

私がオレンジジュース片手に語り続けていると、近くに座っていた同僚が「また始まったか」と呆れ顔をする。だが、私の愚痴は止まらない。

渋谷遙、二十七歳。短大卒業後、車の部品を製造する上場企業に就職し、総務部で事務員として働き続けている。

小柄な体形と雰囲気のせいで、幼く見えてしまうのが悩みの私。そのため、少しでも大人っぽく見られるようにセミロングの髪を落ち着いたブラウンにカラーリングしている。

また、ファッションもちょっとだけ背伸びをしないと年齢相応に見られない。

今日の装いは、膝下丈タイトスカートの黒のニットアップで大人を目指している。

『若く見られるなら、いいじゃない』

同僚たちはこう言うが、それは違う。若くじゃなくて、幼く見えるのだ。その違いはとても大きい。

だが、問題は見た目だけではない。落ち着きのない中身もまた大人からほど遠いということは自分でもよくわかっている。そのせいでファッションや髪形だけでは、残念ながら理想に追いつかないのだ。

そんな私は、彼氏がいない歴うん年。だけど、焦りなどは全くなく、恋愛しなくても別にいいやという投げやりっぷりだ。

だけど……

「眼鏡男子を見ると、ドキドキしちゃうんだよ。でもなぁ……」

私の嘆きに、同僚が口を挟んできた。

「元彼たちのせいで眼鏡男子不信なんだろ、渋谷は」

「そうなんだよ。だから絶対に眼鏡男子に近づくことはできない！」

不憫なヤツだ、と同僚たちは揃って苦笑する。そしてオレンジジュースの瓶を持ち、お酌をしてくれた。

先ほどの嘆き通り、私は眼鏡男子が好きなのだ。けれども、彼らにひどい目に遭わされた経験から、今では近づくのも嫌になってしまっている。

「渋谷、過去の恋愛がなんだ！　まだ眼鏡男子を諦めちゃいかん。害がない眼鏡男子だっているかもしれないぞ？」

「いいの、眼鏡男子は私にとって鑑賞物。それに愛とか恋とか……こりごりだし」

そう言ったところ、同僚たちは干物女子になるにはまだ早い、と笑いつつお酒が得意ではない私にオレンジジュースを飲めと促す。

私は深く頷いたあと、グラスに入っているオレンジジュースを飲み干した。

下座でそんな話をしていると、会場内が急にざわつき始める。一体、何事だろう。

「おい、課長の様子がおかしいぞ！」

誰かの叫び声が聞こえたと思ったら、バタンと大きな音がした。

慌てて音がした方に視線を向けると、先ほどまで陽気にお酒を飲んでいた課長が倒れ、痙攣している。

驚きのあまり声も出せず、呆然としていると、ふと部長と目が合った。

「渋谷さん、救急車を手配して！」

「は、はい！」

部長に言われ、私は慌てて立ち上がった。だが、気が動転していて思うように身体が動かない。

今は一分一秒を争う緊急事態だ。早くお店の人を捕まえて、救急車の手配を頼まなければいけないのに、もどかしい。

もつれる足をなんとか動かし、私は靴も履かずに宴会場を飛び出す。

（どうして、こんなことになっちゃったの？）

明るい総務部メンバーの中でも一際お祭り騒ぎが大好きな課長は、いつもの調子で陽気に日本酒を飲んでいた。

そんな課長がいきなり倒れるなんて、誰も思っていなかっただろう。

そう考えながら、私は転がるように階段を駆け下りていく。

「スミマセン！　男性が倒れました。救急車の手配をお願いします！」

初めて来たお店で、住所などはわからない。私が一一九番通報をしても埒があかないのは目に見えている。

それなら周辺の地理をよく知っている店長さんにお願いした方がいい。そう判断して叫んだ私の腕を、誰かが突然、後ろから掴んでくる。

驚いて振り返ると、そこには真剣な面持ちで私を見下ろしている男性がいた。

長身にスラリとした体形で、明るい茶色の髪はサラサラだ。

着ているものは細いストライプが入ったシャツに、黒ニット。チャコールグレイのジャケットを羽織り、黒のスキニーパンツを穿いている。スマートだけど少しだけカジュアルな装いだ。

優しげな雰囲気を醸し出すその男性は、スクエア型の眼鏡をかけていて、とても知的に見える。

好みの眼鏡男子の姿に、ドキッと胸が高鳴ってしまった。だが、今はそれどころではない。私は高揚した気持ちを隠しながら口を開く。

「あの、何か……?」

戸惑いつつ男性を見つめていると、彼は上を指差した。

「倒れた人がいるのは、二階ですか?」

「あ、はい」

コクコクと何度も頷けば、男性は私の腕から手を離し、二階に飛んで行った。

店長さんが「救急車を手配しておくから」と言ってくれたので、簡単に課長の状態を伝えたあと彼を追いかけるように二階へ駆け上がる。

私が二階に着くと、先ほどの彼は靴を脱いで座敷に上がるところだった。

着ていたジャケットを脱ぎつつ、男性は大きな声で言う。

「私は医者です。倒れた方はどこですか？」

誰かが答えた直後、男性は倒れている課長のそばへ行き、「大丈夫ですか。返事はできますか？」と肩を叩き始めた。

意識はあるようで、課長は弱々しい声で返事をしている。

（あの人、お医者様だったんだ）

男性は課長のネクタイを解き、ワイシャツのボタンをいくつか外して衣服を緩めていく。

そのあと課長を横向きに寝かせ、自分が着ていたジャケットをかけた。

「今、救急車が来ますから安心してください。大丈夫ですよ」

課長だけではなく周りにいた私たちにも、男性医師は安心するように、落ち着くようにと諭す。

笑みを浮かべた彼の表情はとても優しげで、柔らかい雰囲気だ。きっと小児科の先生に違いない。

少し落ち着きを取り戻した我々をよそに、男性医師は課長の手首を指で押さえ、時計を見つめている。

バイタルチェックをし続けるその横顔は真剣で、目が離せない。

男性医師の行動を見守っていると、救急車が到着した。店内に入ってきた救急救命士に、彼はバイタルの報告をし始める。

他の隊員の手でストレッチャーに乗せられた課長の顔色は、先ほどと比べればよくなってきたように見える。

意識もしっかりしてきたみたいで、私たちは胸を撫で下ろした。

救急救命士への引き継ぎを終えた男性医師に、部長が「色々お世話になりました。ありがとうございます」と頭を下げる。そして、「あとは我々の方でやりますので」と言ったのだが、男性医師は真剣な表情で首を横に振った。

「私は医者ですから、最後まで患者さんに付き添いますよ」

そう言った彼は、救急車に乗り込んだ。

去り際までとても優しく爽やかな男性医師に、女性社員たちは頬を染めていた。

(確かにステキな男の人でドキドキしちゃったけど……眼鏡している人はちょっと信用できないからな)

世の中の眼鏡男子と先ほどの医師に対して、大変失礼なことを思ってしまう。

最初は「ステキな人!」とドキドキしていたことは、すっかり棚に上げていたのだった。

＊　＊　＊

結局、課長は大事なくすぐに病院から帰ることができたそうだ。そんな大騒ぎになった忘年会からしばらく経過し、明日は成人の日という夜。夕食の直後、弟の武(たけし)が話を切り出してきた。

「姉さん。今、付き合っている人とかいないのか？」

「またその話？」

私の目の前にミルクプリンを差し出しながら、武は頷く。

ここ最近、弟は私の将来をとても心配しているらしく、彼氏はいないのかとよく聞いてくるのである。

武は二十歳になったばかり。そんなひよっ子に心配されるのは複雑な心境だ。

歳の離れた弟である武とは血の繋(つな)がりはない。

お互いの親が再婚したことにより家族となったのだ。

家族になってから早十年。私は武のことをずっと可愛がっているし、武も姉である私を慕(した)ってくれている。

それは今も変わらない。だが、三年前に両親が仕事の都合で海外へ移り住んでからというもの、武は生意気になり、私への小言が増えた。

姉のことを心配してくれるのはありがたいが、たまに面倒だと思ってしまうときもある。

見つからないように小さく息を吐いた私は、お小言を聞き流しながらスプーンを手にする。

武お手製のミルクプリンは甘さも丁度よく、私の大好物だ。

それをスプーンで掬い、一口食べる。

口に広がるミルクの風味といい、プルンとした食感といい、絶品と称するにふさわしいプリンである。

質問に答えもせず、美味しい！　と連呼している私に、武は深くため息をついた。

「姉さんもいい年だろう？　結婚だってそろそろ視野に入れた方がいいんじゃないか？」

「いい年は余計よ」

そう言って口を尖らせると、「突っ込むところ、そこじゃなくてさぁ」と武は大袈裟に肩を竦めた。

「姉さんは、結婚したいとか思わないわけ？」

「思わない。結婚しなくても全然平気だし」

心配しなくて大丈夫よ、とトンと胸を叩くと、武は肩を落とす。

彼はテーブルに突っ伏し、困ったように私を見上げた。

「平気じゃないから俺が口を酸っぱくして言っているんだけど！」

「何でよ？　大丈夫だってば」

カラカラと笑って武の肩を叩いたが、未だに武のしかめっ面は直らない。

「姉さんってさ、意外にしっかり者なのに、どうして女子力や生活力が皆無なんだろう」

「うっ……」

「生活力がある人にそばで監視してもらわなきゃ、心配で仕方がない」

「そこまで言う!?」

「言う。だって、飢え死にするのが目に見えてる！」

確かに私は家事が全然できない。だからって、そんな切羽詰まった言い方をしなくてもいいのに……いや、すべて本当のことだから何も言い返せないけど。

それでも少しだけ抵抗してみる。

「武みたいに何でも家事ができる人なんて、なかなかいないわよ？　そんな男性を見つけるのは無理」

そう断言すると、武はカッと目を見開いて怒り出した。

「だからこそだ！　早くそういう完璧な人を探してくれ！」

「は、はい！」

「姉さんが心配で心配で、俺は恋愛したくてもできないでいるのに！」

「え？　誰かいい人いるの？　私、挨拶したい。武の保護者として」

武にもようやく恋人ができたのだろうか。だからこそ、私への小言が増えていたのかもしれない。

両親が日本にいない今、武の保護者として立派に振る舞わなくては。そう考えていると、武は目をつり上げた。

「俺もう成人してるんだから保護者はいらない。とにかく姉さんは自分のことだけを考えてろ！」

すごい剣幕に、そのときはコクコクと頷いたが、あとから思い返せば腹が立つことばかり言われていたと気付いた私は憤慨したのだった。

連休明け。私は昼休憩のときに、会社の先輩である美玖さんに溜まった鬱憤をぶちまけた。

「美玖さん、ヒドイと思いません？」

ここはスタッフ棟の五階にある食堂。ワンフロアを使った広い食堂には、定食や麺物、丼物などが各種揃っている。

味がよく安いので、社員のほとんどはここを利用していた。

我が社の昼休憩は二部制になっていて、工場で働くスタッフは三十分前に昼休憩が終わっている。今、ここにいるのはスタッフ棟で働く社員ばかりだ。

全員が一気に休憩を取らないとはいえ、食堂内はかなりの混雑だった。

「うちの弟、絶対にヒドイと思うんです！」

人がごった返す食堂に、再び私の怒りの声が響く。

持っていたおにぎりを握りつぶしそうな勢いの私を見て、美玖さんはパチパチと目を瞬(またた)かせた。

「えっと、弟くんの方が正しいと思うけど」

思いもよらぬ答えが返ってきて、私は目を丸くする。

「えー！　美玖さんは私の味方だと思ったのに」

驚いて声を上げると、切れ長の目を私に向けた美玖さんは、手にしていた箸を置いて冷静に言う。

「味方にはなれないかもしれないわね。だってさっきも言った通り、弟くんが言っていることの方が正しいと思うし」

そうでしょうか、と不満を露(あら)わにすれば、「ええ」とピシャリと返されてしまった。

納得がいかず口を尖(とが)らせる私を見て、美玖さんは肩を竦める。

寺島(てらしま)美玖さん、二十八歳。私より一つ年上で頼りになる先輩だ。

新人研修のときにお世話になって以来、所属は違うが公私ともに仲良くお付き合いさせていただいている。

艶(つや)やかな黒髪をボブカットにしている美玖さんは、きめの細かい色白の肌を持つ和風美人だ。

憧れている女性社員は多いし、男性社員からも熱視線を浴びる存在である。

そんな彼女だが、かなり長い間、彼氏はいない。世の中、本当にわからないものだ。

美玖さんは私をジッと見つめ、「弟くんが正しいと思う」と噛(か)みしめるように再び言った。

ダメ押しをされ、私は肩を落とす。

美玖さんには兄と弟がいて、長女という立場。

私と同じように弟がいる境遇だからてっきり私の意見に同調してくれると思っていたので、ちょっぴりガッカリだ。

美玖さんはコーヒーを飲んだあと、テーブルに肘(ひじ)をついて手を組む。

「遙は、もう少し恋愛した方がいいんじゃない？」

「面倒くさいからイヤです」

きっぱり言い切る私を見て、「決断が早いわね」と美玖さんは呆れた様子で苦笑する。

「そう考えるのは、今まで付き合った男性がろくでもない人だったからでしょ？

ちょっとツイていなかっただけじゃない？」

「そうでしょうか……私、どう考えても恋愛に向いていないんですよ。貧乏クジを引くのがうますぎると思いませんか？」

「確かにそれは言えてるかもしれない」

美玖さんと私は顔を見合わせ、同時に大きなため息をついた。

恋愛なんて面倒くさい、彼氏なんていらない。

そんなふうに言い切るまでには、涙なしでは語れぬ色々なことがあったのだ。

私に生まれて初めて彼氏ができたのは、就職して間もない頃。相手は眼鏡をかけた知的な男性だった。

すごく優しくて大人で、私が恋に堕ちるのは必然だったように思える。

彼から声をかけてくれて付き合い出したのだが、その一週間後に彼が二股をかけていたことが発覚した。

それを問いただすと、彼は「君とは遊びだってわかっていただろう？」と悪びれもせず開き直ったのだ。もちろん、すぐにお別れした。

その一年後、絶対に私だけを愛してくれる人がいいと願って付き合い出したのは、これまた眼鏡をかけた男性だ。

彼のことは、ストイックで男らしい人だと思っていたのだが、すぐにある重大な欠点が発覚した。

基本的に堅実な考えを持った人なのに、なぜかお財布の紐は緩(ゆる)かったのだ。

お金をせびられたため、それを断ったら振られてしまった。

「好きな男に金も貸せないのか」が、彼の捨て台詞(ぜりふ)である。

そんな感じで男性二人と付き合った私は思った。私には男運がなくて、今後、恋愛をしてもまた大変な思いをすることになるのではないか、と。

そのあとも、付き合うまでいかずとも、眼鏡男子とは何度となく悲劇が繰り返されている。

近所のコンビニで眼鏡男子がバイトを始めたときも大変だった。

家の近所なので、私は毎日のようにそのコンビニに行っていた。そして、彼と知り合ったのである。

何度も顔を合わせていれば、次第に仲良くなっていくものだ。

挨拶(あいさつ)をしたり、世間話をしたりイチオシ新商品を教えてもらったり……

仕事に行く前などは「今日も頑張ってくださいね。いってらっしゃい」なんて可愛い笑顔で言われたりもした。

朝から眼鏡男子がエールを送ってくれるのだ。そりゃもう、気分がよくなるってものである。

彼と会うたびに胸がキューンと高鳴っていた私だが、過去の教訓を忘れず、きちんと自制していた。

その判断はとても正しかったと、後日確信することになる。

それは、いつものように出勤前にコンビニに寄り、眼鏡男子に「いってらっしゃい。気をつけて」と声をかけてもらった、そのときだ。

「ちょっと、どういうことよ！　最近私と会ってくれないと思ったら、浮気していただなんて！」

そう叫び鬼の形相で私たちに詰め寄る女の子は、キレイな栗色の髪を振り乱していた。

服装や顔立ちを見る限り、大学生といった感じだ。

彼女は、私と眼鏡の彼を交互に睨みつけている。

どこでどう勘違いされたのか、私はどうやら眼鏡男子の浮気相手だと思われたようだ。

朝の混み合う時間だったので、店内には私だけでなく、他にもお客さんがいた。

店内にいる客の誰もが、興味津々といった様子でこちらを見ている。

私もギャラリーとして見ていたかったのだが、そういう訳にもいきそうにない。

女の子のすごい迫力に息を呑んでいると、コンビニの店員である眼鏡男子は急に慌てふためき始めた。

動揺していた彼は、慌てて栗毛の彼女に訂正する。

「違うって、この人はお客さんだ。失礼なこと言うな」

「そんなの言い訳にしか聞こえないわよ。私の友達がこのコンビニでアンタと女がキスしているところ見たって言ってたんだから！」

女の子は、ギリギリと歯ぎしりをして眼鏡男子を鋭く睨みつける。

今にも眼鏡男子を殴りそうな勢いだ。

間違いなく修羅場(しゅらば)というヤツである。

ひぇぇぇ、と心の中で叫んでいると、今度はＯＬ風の女性が店内に入ってきて眼鏡男子に詰め寄った。

「ねぇ、この子ね？　なかなか別れてくれないっていう彼女は」

「いや、あの……その」

眼鏡男子、もう顔色が真っ青である。

そして、現彼女と新彼女候補の睨(にら)み合いが始まり、眼鏡男子争奪戦のゴングが鳴り響いた。

いがみ合う二人の視界には、お互いの敵しか入っていないようだ。

やっと無実が証明された私は、その場をあとにすることにした。

去り際、眼鏡男子に「助けてください」と言わんばかりの視線を送られたが、申し訳ないけれど助ける気はない。

自分でまいた種は、しっかりと自分で刈り取りなさい、と内心で合掌(がっしょう)した。

このコンビニの一件以外にも、こうした眼鏡男子絡みの恋愛トラブルに巻き込まれることが何度もあり、私はそのたびに思った。

男運がない私は恋愛をしない方が幸せになれる。特に眼鏡男子には近づいてはいけない。

この教訓を、私はとても大事にしているのだ。

今までの恋愛トラブルはどれも就職してからの話なので、美玖さんもすべて知っている。

だからこそ、貧乏クジうんぬんに対して素直に頷いてくれたのだ。

しかし、美玖さんは何か思うところがあるようで私を必死に説得し始めた。

「でも、超格好よくてステキな男に巡り会えば、恋愛したくない、彼氏はいらないなんて言えなくなると思うけどな」

「そんなものでしょうか?」

訝しげな私に、美玖さんは目を輝かせる。

「そんなものだと思う。うんうん、そんなものなのよ」

「ん?」

なんだか美玖さんの様子がおかしい。身構える私に、彼女は満面の笑みで言った。

「そういう人と出会うために私がひと肌脱ぐから、合コンしよう!」

何を突然言い出したのですか、美玖さん。

私は慌てて首を横に振った。

「イ、イ、イヤですよ。合コンなんて」

「どうしてよ？　新しい出会いを求めることは悪くないと思うけどな」

先ほどまで目を輝かせていた美玖さんだが、今はなぜか威圧的な態度に豹変している。

怖いですよと言うと、彼女は意味深な笑みを浮かべた。

「遙の弟くんが巣立とうとしている今、姉が足を引っ張っていてはダメでしょう！」

「それを言われると……心苦しいですけど」

確かにその通りだ。

武が私のこれからを心配しているのは、きっと自分に好きな人ができたからだろう。

はっきりとは言わなかったが、あの必死さを見れば一目瞭然だ。姉の洞察力を嘗めてもらっては困る。

武は恋愛真っ只中。彼女ができれば忙しくなるから、今までのように私の面倒を見られないかもしれない、という不安があるに違いない。

だからこそ私に恋人を探せと言い出したのだ。そしてさっさと結婚して、旦那に面倒を見てもらえと言いたいのだろう。

しかし、反論したい。

別に武に面倒を見てもらわなくたって、私一人でもなんとかなるはずだ。

「そんなに心配しなくてもいいのに」

独り言のように呟いたところ、「遙を心配しないなんて無理だから」と美玖さんに真顔で言われてしまった。

「家事が全くできない遙を一人にできなくて日本に残ったんでしょう？　弟くん」

「うっ！」

私は動揺のあまり視線を泳がせる。

我が家の両親が、父親の仕事の都合で渡米することが決まったのは三年前。まだ高校生だった武は両親とともに渡米する予定だった。

だが、姉の生活力があまりにないことを心配して、日本にとどまると決めてしまったのだ。

あのときも「私は大丈夫だから」と説得したのだが、「姉さんに一人で生きていく素質はない」なんてヒドイことを言われた。

残念ながら武が言っていることに間違いはないので、反論できなかったのだ。

痛いところを突かれて言葉に詰まる私に、美玖さんは最後のひと突きをした。

「そろそろ弟くんを解放してあげるときが来たんじゃない？　彼、大学生でしょ。彼女と遊びに行きたいだろうし、もしかしたら家を出て彼女と同棲したいと思っているかもね」

「それはダメです。相手の親御さんに挨拶に行ってからじゃなきゃ」

アワワワと慌てる私に、「今はそこ、問題じゃないからね」と美玖さんは冷たく言い放つ。

顔面蒼白でいると、美玖さんの鋭い眼光に射竦められた。

「とにかく。姉の心配ばかりしている弟くんを安心させてあげるのが先決だと思うな」

「それは、そうなんですけど。私、男性とお付き合いするつもりが全くないんですよ」

「そのつもりがなくても男を作りなさい。そして付き合いなさい。努力は必要よ。その姿勢が弟くんを安心させることに繋がると思うから」

強引な美玖さんに、私は「そ、そんなぁ。むちゃくちゃです」と情けない声を上げた。

「もう、私に恋愛は無理です。貧乏クジを引くぐらいなら、しない方がマシじゃないですか。美玖さんだってそう思うでしょ？　合コンは結構です。会うだけ無駄ですよ」

こうなったらこちらだって引けない。

いつもは意見が分かれると美玖さんに負けてしまうが、この件に関してだけは譲ることはできない。

頑として考えを曲げない私を見て、美玖さんは思案顔をした。

何か企んでいるのかもしれない……嫌な予感がプンプンとする。

眉間に皺を寄せていると、美玖さんはフフフと怪しげに笑った。

「合コンに行かないって言うのなら、この前のコンサートチケットは誰かに回すから」

彼女の言うコンサートとは、総勢五十組近くのアーティストが一堂に会する、テレビ局主催のコンサートのこと。美玖さんが応募したら見事当選したのだ。

「遙が好きなバンド出るから一緒に行く？」と、つい先日誘ってもらっていたのである。

とても楽しみにしていたのに、今になってそれはない。

「私を連れて行ってくれるって言っていたじゃないですか！」

猛抗議する私を、美玖さんは冷たくあしらう。

「そんなこと言った覚えはないわ～」

「美玖さーん！　話が違いますよ」

「コンサートに行きたいなら、合コンに付き合って！」

「う……」

「私だって出会いがほしいもの。考えてみてちょうだい、遙。年齢で言えば私の方が上よね。私だって人生のパートナーを早く見つけなくちゃいけないの。遙より私の方が緊急度は高いわ」

「は、はぁ」

確かにその通りかもしれない。しかし、さっきまで私の恋の話をしていたのに、いきなり論点が変わった気が……。美玖さんの言わんとしていることが見えず、訝しく思いつつも頷く。

そんな私に、彼女はニッと口角を上げた。

なんだか意味深な笑いである。

戦々恐々としている私を諭すように、美玖さんは語りかけてきた。

「いつもお世話になっている先輩が出会いがほしい、合コンがしたいと言っているのよ。それなら合コンするしかないでしょう？　やるべきでしょう？」

「美玖さん、笑顔がめちゃくちゃ怖いです」

半べそ状態の私に、美玖さんは腕組みをして言い放つ。

「合コン、絶対に参加してもらうから」

「美玖さん！」

「参加しなかったら、コンサート連れて行かないわよ！」

半ば脅しである。

卑怯だ、横暴だと叫ぶ私に、美玖さんはニッコリとほほ笑んだ。

「何を言っているの、これは私からの愛よ！」

不敵な笑みを浮かべる寺島美玖に勝てる相手は、この世の中にいないと思う。

自分の負けを悟った私は、顔を引き攣らせたのだった。

2

美玖さんとの一方的なやりとりから一週間が経ち、今日は火曜日。昨日、今日と仕事がとても忙しく、週が始まったばかりだというのに、すでに疲労困憊だ。

帰宅した私は晩ご飯を食べ終えてお風呂に入りベッドでゴロゴロしていると、スマホからピロロンと音がした。どうやらメールが届いたようだ。

ベッドから手を伸ばし、カバンの中に入れてあるスマホを取り出してチェックしてみる。メールは美玖さんからだった。

『明日の夜は暇？』とだけ書かれている。どういう意味だろう。

少し考えてから気付いた。この前、情報誌を見て「このパンケーキ食べに行きたいね」と話していたので、明日行こうというお誘いかもしれない。

俄然元気になった私は、『暇ですよ～』と打ち、すぐに返信する。

すると、間髪容れずに新たなメールが届いた。私は、その件名を見て首を傾げる。

「どういうこと？」

件名には『明日の装いについて』と書かれている。メールを開いてすぐ、私は愕然とした。

『明日の夜、この前約束した合コンを開催いたします。約束だからね、絶対に参加してもらうわよ。当日の格好だけど、去年のバーゲンで買ったと言っていたオフホワイトのダッフルコート着用。インナーはコートの丈に合う可愛らしいワンピに、足元はブーツで。以上』

反論は受け付けないという強い意思を感じる内容だ。

「なんじゃ、そりゃぁぁぁ！」

枕に頭をボスンと沈ませた私は、美玖さんとのやりとりを思い出した。

そのときに「合コンをして、彼氏を作った方がいい」と言われたが、あれから何も言い出さないので、冗談だったのだろうと安心していたのに……

「冗談じゃなかったってこと⁉」

電話をしようかと思ったけれど夜も遅い。それならメールで抗議を、と考えたものの、送ったところで美玖さんが聞く耳を持たないことはわかっている。

すでに合コンのセッティングをしてしまった以上、参加しない訳にはいかないだろう。もし、私が参加しないと男女比が変わってしまう。そうしたら幹事である美玖さんに迷惑がかかるし、コンサートにも行けない。

私が絶対に不参加と言えないように、美玖さんは開催が決定したタイミングで合コンのことを伝えてきたのだ。

「やられた……」

こうなったらふて寝するしかない。身体も頭も疲れた。もう寝る。寝てやる。

そのまま布団を被って眠った私は、次の日の朝、結局美玖さんの言いつけ通りのファッションで出社した。

コンサートのチケットのこともあるし、彼女を怒らせるとあとが恐ろしいのだ。

更衣室に入ると、美玖さんがニコニコと笑いながら私を待っていた。

「さあ、今日は合コンよ。きちんと用意はしてきた？　遙」

「……」

朝から異様にテンションの高い彼女を見て、頬が引き攣る。

私がだんまりを決め込んでいるのに、美玖さんはとても楽しそうだ。

「私が指定した服、ちゃんと着てきたわね？」

「着てきましたよ。だって着てこないと美玖さん、怒鳴り込んできそうな勢いだったから」

ふてくされつつ言ったところ「よくできました」と頭を撫でられたが、何とも言えない気持ちになる。

やっぱりもう一度抵抗しよう。唇を尖らせていた私は口を開く。

「美玖さん。どうしても、合コンに行かなきゃダメですか？　男性とお付き合いするつもりなんてないのに合コンに行ったら失礼ですし、会うだけ無駄じゃないかと」

美玖さんは渋る私を見つめ、窘めるみたいに答える。

「行かなきゃダメよ。だって遙が行かなかったらメンツが減るでしょ？　皆に迷惑がかかるじゃない」

「そりゃ、そうですけど」

「ここは幹事である私の顔を立てると思って、ね？」

拝み倒されてもまだ渋る私に、美玖さんは顔を近づけてくる。それも真面目な表情なので怖い。

「今回の合コンは男女五人ずつなの。そして、男性の一人に知り合いの医者が来るのよ」

「お医者様ですか」

「そう。仕事が忙しくてなかなか彼女を作れないらしく、家族にも心配されているのよね」

困った男だわ、と美玖さんは深々とため息をつく。

「彼のタイプは、元気いっぱいで自分を持っていて、変に媚びたりしない女の子なんだって。あんまり女の子女の子しているタイプは苦手みたい」

「は、はぁ……」

戸惑う私に、美玖さんは畳みかけるように言い募る。

「それで思い出したの。彼のタイプにどんぴしゃな女の子が私の知り合いにいるじゃないって」

「もしかして、それって」

嫌な予感を覚えて口ごもれば、美玖さんはフフンと得意げに笑う。

「そう、遙のことよ。絶対に彼と相性がいいと思うんだよね」

「……」

自信満々に言われても、答えづらい。

どうやら美玖さんは、その男性と私を引き合わせたくて合コン開催を決めたみたいだ。

訝しげにしていると、彼女は笑みを浮かべた。

「遙の好きな男性のタイプは、一緒にいて穏やかな気持ちになれる優しい人がいいんでしょ？　草食系っぽい感じの男性が好みなのよね？」

「はい。クールな人とはどう接したらいいのかわからないし、ガツガツしている人も苦手かも」

「あとは浮気性じゃなくて、金銭感覚がしっかりしている人がいいんだっけ」

「もちろん！」

過去の恋愛で痛い目に遭ったので、そこは押さえておきたいポイントである。

だけどやっぱり、恋愛すること自体に及び腰になってしまう。

渋っていると、美玖さんが苦笑した。

「とにかく彼はオススメ。合コンのときにチェックしてみなさいな」

「は、はぁ」

私は曖昧に頷き、美玖さんを見上げる。

「会ってみてご縁がなければ、別にお付き合いとかはしなくてもいいんですよね？」

「もちろんよ。そこまでは押し売りできないしね」

その言葉に、「それなら」と頷いたのだった。


終業時刻になって帰り支度をしていたのだが、上司に書類作成を頼まれてしまった。

会社を出られるのは、順調に終わったとしても十九時過ぎだろう。

美玖さんに連絡をして先に合コン会場に行ってもらうようにお願いしたあと、再びパソコンをつけて仕事に取りかかる。

頼まれた書類は、以前作ったことがある別の書類と似ていたので、思っていたよりもスムーズに終えられた。

けれど、やはり合コン開始時刻までに店に入ることはできそうにもない。

それでもあまり待たせてはいけないと思い、身支度を調えて教えてもらっていたお店へ急ぐ。

「あ、ここだ」

店の前に立った私は看板を見て、美玖さんから聞いていた店名と同じことを確認したあとに扉を開き、店の中を見回した。

洋風居酒屋らしいが、内装は古民家風だ。黒光りする天井の梁や柱、大きな囲炉裏が見える。

私たちと同様に合コンをしているグループもいるのか、盛り上がっている声が聞こえた。

キョロキョロしていると店員が声をかけてきて、すぐに部屋に案内してくれた。だが、そこで違和感を覚える。

美玖さんが今朝言っていた話だと、今日の合コンは男性五人、女性五人のはずだ。

それなのに予約してある個室はなぜか小さい。こんなところに大人十名も座ることができるのだろうか。

個室の外にある靴箱を見ても、美玖さんのハイヒールが一足と男性物の革靴が一足あるのみ。

腕時計を確認したところ、ただいま十九時過ぎ。合コンの開始時刻はとうに過ぎている。

仕事で遅れた私が最後だと思っていたのに、他の人たちも遅れているのだろうか。

しかし、ほとんどの人が遅刻？　そんなことって絶対にないと思う。

私は一度その部屋から離れ、店の外へ出た。

カバンを探ってスマホを取り出し、美玖さんに電話をかける。

『遙。仕事は終わったの？』

電話越しに耳をすましても、彼女の周りはとても静かだ。当初予定していた人数はいない様子だ。

やっぱり私の予想は間違ってはいなかったということだろう。

私はスマホを持ち直しながら、美玖さんに話しかける。

「えっと、今、店の前にいるんですけど」

『それなら早く来なさいよ』

彼女はそう言って急かす。だが、予約していた個室に入る前に、色々と確認しておかなければならないことがありそうだ。

私は、懇願に近い形で電話口に叫んだ。

「とにかく、美玖さん。一度お店の外に出てきてください！」

それだけ言うと電話を切る。スマホをコートのポケットに突っ込んでウロウロと落ちつきなく店の前を歩いていると、やっと美玖さんが出てきた。

手を振ってこちらに向かってきた彼女の腕を掴み、店から少し離れた場所に連れて行く。

「一体、これはどういうことですか？」

「どういうこと、とは？」

しらばっくれる美玖さんに、私は眉を顰める。

「とぼけても無駄ですよ。合コンなんて嘘でしょう？　さっき予約している個室の前に行ったら、美玖さんと男性一人以外は来ていなかったじゃないですか」

「あら、バレちゃったのね」

のんきに呟く美玖さんを見て、ガックリと肩を落とした。

とにかく説明をしてください、と頼むと彼女はばつの悪そうな表情を浮かべる。

「今、店内にいるのは私の従兄。親戚一同が心配するほど女っ気がないの、全くといっていいほど」

「はぁ……」

嫌な予感しかしないが、私は恐る恐る相づちを打つ。

「で、従兄の両親に頼まれていたのよ。誰かいい人を紹介してくれって」

「そ、それで？」

ここまできたら大体の予想はつく。だが、先を促した。

「この前、遙が愚痴ってきたでしょう？　そのときに今回の企みを思いついた訳」

「企みって！」

頭が痛くなってきた。壁に寄りかかる私を見て、美玖さんは屈託なく笑う。

「この際だから、恋に気後れしている面倒くさい人たちをまとめて片付けてしまおうと思ったのよ」

「あのですね、美玖さん！」

改めて抗議したのだが、全然聞き入れてくれない。

「ここまで来たんだし、とにかく会ってみてよ」

そう言った美玖さんは私の腕を掴むと、強引に店の中へ連れて行く。

そして予約していた個室の襖を開け、中にいる従兄に声をかけた。

一方で私は、襖の陰に立って入ることを渋る。

この部屋に入ったが最後、何かとんでもないことになるような予感がするのだ。

美玖さんが、私を心配して設けてくれた席だということはわかっている。

だけど、今は恋愛をする気は毛頭ない。

万が一、美玖さんの従兄が私を気に入ったりしたらややこしいことになってしまう。

なんとしてでも、今から会う男性に嫌われるようにしなくては。

私から断ったところで、美玖さんは再びこんな席を設けかねない。

それなら、今から会う美玖さんの従兄だという男性に断ってもらうのが一番いいはずだ。

なので、彼に嫌われる努力をしよう。

グッと拳を握って気合を入れていると、美玖さんが声をかけてきた。

「ほら、遙。入っていらっしゃいよ」

「はい……」

ここまで来て顔を出さないのは、相手に失礼だろう。

そう考えて、渋々と男性が待つ個室へ足を踏み入れた。

すると、私たちを待っていた男性と目が合う。スクエア型の眼鏡をかけた男性は、おしぼりを手にして私をジッと見つめている。

彼は小首を傾げたあと、何か考えこみ始めてしまった。

だが、すぐに眉間に皺を寄せ、明らかに不機嫌そうに私から視線を逸らす。

柔らかそうな髪、整った顔、引き締まった身体。

パッと見ただけでもステキな男性だ。そんな彼の姿に、私は既視感を覚えた。

（あれ……？　この人って……あっ！）

ビックリして叫びそうになったのをグッと堪える。それと同時に胸の鼓動がうるさくなった。

前に座る男性は、先日、忘年会で課長を助けてくれたお医者様だったからだ。

(まさか、美玖さんの従兄だったなんて)

世間は広いようで狭いものだ。改めてそれを実感する。

しかし、今の彼は課長を助けてくれた日の彼とは少し様子が違う。

以前の彼はもっと柔らかい雰囲気で、笑顔もとても優しげだった。人懐っこくてほんわかしていたから小児科の先生かなぁと思ったほどだ。

しかし、今の彼にその優しげな雰囲気はなく、どこか不機嫌そうに見える。

「こんばんは」

挨拶をしないのも大人としてどうかと思い、頭を下げる。

だが、彼はそっぽを向いて「どうも」と言うだけ。冷たい態度にちょっと幻滅してしまう。

とはいえ、これは私にとっては好都合だ。

目の前の男性がどれほどステキな人だとしても、私はお付き合いする気は毛頭ない。

それも私にとっての鬼門、眼鏡男子ときたもんだ。これはもう問答無用で恋愛対象外である。

私は、とにかく彼に嫌われたい一心でこの場にやってきた。

そして彼も、どうやらこの場所にいたくないらしく機嫌がとても悪い。

この調子なら、あちらから断ってくれそうだ。

だけど、念には念を。彼に嫌われる努力をしておかなければ。

美玖さん曰く、『彼のタイプは、元気いっぱいで自分を持っていて、変に媚びたりしない女の子』だとか。さらに、あんまり女の子女の子していない方がいいらしい。

それなら、その真逆を演じてしまえばいい。

優柔不断でなよなよしていて、媚びを売りまくりの女を前面に出したキャラになれば、彼は私と付き合いたいなどと血迷っても言い出さないだろう。

（よし、この戦法に決めた！）

演技力など皆無の私がどこまでできるかわからないが、やるしかない。

「遅くなってごめんなさーい。お待たせしちゃいましたよね？」

媚びるように甘えた声で謝ると、彼は私をちらりと見てすぐに視線を逸らした。

「かなり待った。さっさとメシ食って帰りたい」

美玖さんの従兄である彼はそっぽを向いたまま、ぼそりと呟く。

よしよし、なかなかにいい調子だ。

不穏な空気が漂う中、私は内心ほくそ笑む。

店員を呼び、私は美玖さんとお医者様の彼にメニューを見せながら甘ったるい声を出す。

「何にしようかなぁ〜。酎ハイだけでも、こんなに種類があるんですよぉ。迷っちゃいますぅ」

美玖さんは一瞬ぎょっとしたけれど、すぐに私の意図に気付いたらしく、呆れ顔だ。

二人は頼むものを決めたのに、私はまだ決めかねているというポーズをとった。

美玖さんたちと同じものにしようと決めているけど、敢えてそこは優柔不断な女を演じる。

「えーっと、オレンジとグレープフルーツ。どちらがいいと思います？　私、決められなぁい」

わざと彼に聞いてみたが、「別にどっちでもいいんじゃない？」と投げやりだ。

私はそれでも懲りずに、科を作る。

「でもぉ、お二人がビールなら私も同じものにしちゃおうっと」

私は舌っ足らずの口調で瓶ビールを注文する。

少々お待ちください、という店員の声を聞き、こっそりとほほ笑む。

よしよし、作戦成功だ。この調子で徹底的に嫌われようじゃないか。

もっと優柔不断で、一人じゃ何もできない女子を演じて、ついでに媚びを売りまくる女になってやろう。

だけど、意外に疲れることに気付いた私が内心冷や汗をかきまくっていると、店員はすぐさま注文の品を運んできた。

ありがとぉうございまっすぅ、と笑顔で言ったが、明らかにイントネーションが怪しくなったし、舌を噛んでしまった。

これは思ったより大変なことになりそうだ。背中に冷や汗がツーッと流れたのがわかる。

それでも気持ちを切り替え、グラスを二人の前に配ろうと手を伸ばす。

だが、私より先に美玖さんの従兄である彼がグラスを手にし、こちらに差し出してきた。

彼はなぜか、あの日と同じ爽やかな笑みを浮かべている。

そんな彼に、私は「あれ？」と不思議に思って目を丸くした。

ギスギスした雰囲気だったのに、いつの間にか友好的な視線を向けられている。

先ほどまでの不機嫌さはどこに行ってしまったのか。

戸惑う私に、彼はにこやかにほほ笑む。

「どうぞ」

「あ、ありがとうございますぅ」

一体どういうことだろうか。

差し出されたグラスを受け取った私は、そこにビールを注ぐ彼を注意深く見つめる。

すると、彼はハッと目を見開いた。そして「別に……」と慌てた様子で横柄な態度に変わったのだ。その、あまりのギャップに目を見張ってしまう。

私の探るような視線に気が付いているのだろう。彼は、ごまかすみたいにビールを飲んでいる。

私が見つめ続けていると、焦りを感じているのか。彼は、挙動不審になってきた。

空(から)になったグラスをテーブルに置こうとしたのだが、転がしてしまい焦りだす。そうかと思えば、何度も眼鏡に触れてクイッと押し上げるなどして、とにかく落ち着きがない。見ていて滑稽(こっけい)なほどだ。

私が見守る中、明らかに目が泳いでいる彼は、二杯目のビールを飲み干した。

「早く帰りたいんだけど」

グラスを置きながらそう冷たく言い放ったくせに、ジャケットを脱いで寛(くつろ)いでみせたあと、慌てて着直す。

(もしかして、彼も自分を偽っている……?)

突如として態度が変わったのを見て、確信に近いものを感じた。

年末の姿が本当の彼で、今の彼はわざと横柄に振る舞っているのかもしれない。

理由はきっと私と同じ。彼も誰かと付き合いたいとは思っていないのだろう。

チラリと美玖さんを見ると、呆れ顔でビールを飲んでいる。やっぱり気が付いているらしい。

美玖さんに咎められないよう、サッと視線を逸らす。

二人して偽りの姿でやりとりをしていれば、素の姿を知っている彼女が違和感を覚えるのは当然のことだ。

やがて、美玖さんはグラスをテーブルに置き、口を開く。

「ちょっと二人とも。いいかげんにしなさいよ！」

美玖さんがついにキレた。

怒りつつも半ば諦めた様子の彼女は、大きなため息を零したあとで改めて彼を紹介しだす。

「遙。こちら私の従兄の黒瀬新くん、三十五歳。遙より八つ年上よ。ほら、春ケ山駅の近くに黒瀬医院ってあるでしょ？　昨年祖父が引退したから新くんが院長をしているの。で、仕事にかまけすぎて未だ独身。そして何年も彼女なし」

美玖さんが彼――黒瀬先生の紹介をしている間、彼は黙ってビールを飲み続けている。

それを歯がゆく思っているのか、美玖さんの眉間に深い皺が刻まれた。

「で、あまりに女性に興味がなさすぎて将来が心配だと親戚たちが言い出してね。私に誰かいい人を紹介できないか打診が来たという訳よ」

今まで静かにビールを飲んでいた先生だったが、グラスをテーブルに置くと美玖さんを睨みつけた。

「美玖。僕のことは心配無用だ。親戚一同にそう言っておいてくれ」

「私じゃなくて、新くんが親戚一同に言えばいいでしょ？」

美玖さんがピシャリと言いのけると、先生は黙り込み、再びビールを口にし始めた。

そんな様子の彼を見て美玖さんはあからさまにため息をつき、私に向き直る。

「で、こちらは私と同じ会社で働いている渋谷遙、二十七歳」

「渋谷……遙？」

先ほどまで私には無関心で目も合わさなかった先生だったが、美玖さんが私の名前を言った途端、驚いたように目を見開き、私をジッと見つめてくる。そして、どこか探るみたいに問いかけてきた。

「失礼、渋谷さん。君は滝本キヌさんというおばあちゃんを知っていますか？」

「え……は、はい。スポーツジムが一緒なもので。でも、どうして滝本さんのことを？」

滝本さんというのは、私が通っているジムで知り合った人だ。

御年七十五の元気なおばあちゃんで、一緒にプールで泳いでいる。

滝本さんと私は、サスペンスドラマが好きなことで意気投合した。ジムで会ったときに、その週に放映されたサスペンスドラマの批評をするのを密かな楽しみにしている。

それにしても、どうして先生は滝本さんのことを知っているのだろう。また、なぜ滝本さんを知っているのかと私に問いかけてきたのか。

意味がわからず首を傾げるものの、彼は答えてくれない。だが、その時を境に態度をガラリと変えてきた。

先ほどまで私のことは無視に近かったし、明らかに付き合いたくないというオーラを放っていた。

しかし、今はどうだろう。

私の顔に何かついていますか？　と聞きたくなるほど私を見つめている。しかも、どことなくキラキラした目で。

その視線の熱さに、戸惑ってしまう。

私が困惑していると、美玖さんはニヤニヤと意味深に笑う。

「それじゃあ遙のプロフィールは本人に聞いてくれるかな、新くん」

そう言うと、美玖さんが突然立ち上がった。

私はそのことにビックリして声を上げる。

「美玖さん！　どこ行くの？」

「あとは二人でどうぞ」

「二人でどうぞって！　美玖さん！」

美玖さんはさっさとハイヒールを履(は)いて、手を振りながら個室を出て行ってしまった。

残された私は、気まずいなんてものじゃない。

美玖さんのバカ。どうして初対面の二人を置いて帰ってしまうのか。

明日、会社で絶対に抗議してやると心に誓いながらも、まずはこの局面を乗り切ることを考えなくてはならない。

とにかく最後の最後まで気を抜かず、自分を偽るべきだ。

元気すぎるいつもの私じゃなく、優柔不断で媚(こ)びを売る女を演じて、少しでも早く席を立つ。それしかない。

心の中で改めて決意をし、目の前に座っている先生をチラリと見る。

すると、彼が未だに私を見つめ続けていたため視線が合いそうになり、焦って逸らした。

彼の視線を身体中に感じ、居心地が悪いなんてものじゃない。

さて、どんな理由をつけて席を立とうか。

そんなことを頭で考えながら、先生の様子をもう一度チラリと窺(うかが)う。私と視線が合うと、先生はニッコリとほほ笑んだ。

その瞬間、ドキッと胸が高鳴って慌てて俯(うつむ)く。

(本当に、さっきまでの不機嫌はどこにいっちゃったの!?)

あまりのギャップに驚いたものの、落ち着いてくるに従い、どんどん可笑しくなってくる。

最初は肩を震わせるだけにとどめておいたのだ。だけど……

「プッ……あはは」

とうとう声を出して笑ってしまった。クスクス笑い続ける私に、先生は驚いたように目を見開いている。

驚いたのはこちらですよ、と心の中で呟きながら、私は先生に言う。

「黒瀬先生はぁ、早く帰りたいんですよねぇ？　先ほどご自分でおっしゃっていましたしぃ」

「っ」

ぶりっこキャラを意識しつつ伝えると、先生は言葉に詰まったみたいだ。

「私と付き合いたくないっていうのがぁ、丸わかりでしたよぉ」

「渋谷さん」

困ったようにほほ笑む先生は、とても可愛らしかった。

私より年上の男性に可愛らしいなんて言ったら、怒られるだろうか。

だけど、そう思ってしまったのだから仕方がないだろう。

私はフフッと笑いつつ、先生にネタばらしをすることにした。

「実は私、先生の本当の姿を知っているんですぅ。なので、キャラクターを偽っても無駄ですよぉ」

「え？」

再び目をまん丸くする先生が可笑(おか)しくて、また声を出して笑う。

「年末、居酒屋で一人の男性を助けられたこと。覚えていますか？」

「年末？……ああ!!」

課長が倒れてしまったときのことを思い出してくれたみたいだ。

先生は再び私の顔をジッと見たあと、ばつが悪そうな表情をする。そして困ったように眉を下げて、髪をかき上げた。先生の柔らかそうな髪が、サラサラと揺れる。

「渋谷さんはその場にいたということですよね？　スミマセン、覚えていなくて」

しかも、貴方(あなた)に腕を掴まれました。そう話したら先生はもっと驚くだろう。

だけど、それは口にせずに首を横に振った。

「仕方がないことだと思いますよぉ。あんな状況でたまたま居合わせた人間の顔を覚えているなんて無理ですもの」

何しろ緊急事態だったのだ。あの状態で私の顔を覚えていたなんて言われたら、どれだけ物覚えがいいのかと驚いてしまう。

恐縮し続ける先生に、私はほほ笑みかけた。

「ここで先生を見て、すぐにあのときのお医者様だってわかったんです～。だからぁ、一生懸命にキャラを作っている先生が可笑しくて噴き出しちゃったんですよぉ」

「そうだったんですか」

そうなんですよ～、と甘えたように返したが、私の方は自分の素を隠しきれただろうか。

ドキドキする胸の辺りをギュッと握りしめる。

チラリと先生の顔色を窺ったが、特に変化はない。私にこれといって違和感を覚えていない様子だ。

ホッと胸を撫で下ろしつつも、自分の性格を偽ることがこんなにも難しいのだと今さらながらに実感する。

私が必死に動揺を隠そうとしていると、先生は自嘲めいた笑みを浮かべた。

「僕が性格を偽っていたこと、渋谷さんには初めからバレてしまっていたのですね」

「ええ、バレバレでしたよぉ。無理しているのがヒシヒシと伝わってきましたもの」

優しい性格は隠しきれるものじゃないようだ。

人のことをああだこうだと言える立場じゃないけど、わかりやすかったですよ、黒瀬先生。

相変わらず恥ずかしがっている先生が可愛くて、思わず頬を緩めてしまいそうになったが、気を引き締めて堪える。

私だけは最後まで演技を続けなければ。

この場さえ乗り切れば、こんな苦痛とはおさらばのはず。あと少しの辛抱だ。

決意を新たにした私の前で、先生はハハッと声を上げて笑った。

「そうですか。まぁ……従妹の美玖に何も聞かされず無理矢理連れてこられたもので。この場に腰を下ろしたときに今日のことを詳しく聞きました」

「ええ!? そうなんですかぁ?」

わざとらしく大きなジェスチャーをつけて驚く私に、先生は小さく頷く。

「ええ。とにかく会うだけ会ってくれと美玖が言うものですから……」

「仕方なく会うことにしたという訳なんですね?」

その通りです、と先生は深く頷いた。

「でもぉ、それってすごく悲しいですぅ」

そう言って科を作ると、先生は意味深にほほ笑んだ。

「それはすみません……今から店に来る女性は、朗らかで優しい男性が好みだと美玖から聞きましてね。その真逆を演じれば……貴女の方から断ってくれるかと思ったんです」

ここにも私と同じことを考え、実行に移した人がいた。

同志ですね、と声を上げて喜びたくなったが、我慢我慢。

代わりに、自分も望んで来た訳じゃないことを説明する。

「私も黒瀬先生と同じなんですよぉ。美玖さんに半ば脅されて来たんです。しかも、今日は合コンだって聞いていたのに、蓋を開けたら全然違っていてぇ」

「僕一人だけだった、という訳ですね」

そうなんです、と頷いたあと、私は無理をしてビールを飲む。

（うわぁ、苦い。やっぱりビールは苦手だなぁ）

ついさっき、自分じゃ何も決めることができない優柔不断な女を演じようと考えた私は、咄嗟にビールを注文してしまった。

だけど、この調子では飲みきれそうにない。

しかし、飲まないと先生に不審がられてしまうだろう。

そう思って再び口を付けたが、苦いものは苦い。

困ったなぁ、とビールを見つめていると、先生が「失礼、メールが来たようなのでチェックしてもいいですか」と断りをいれてきた。

「いいですよぉ。どうぞ、うふふ」

私は語尾にハートマークが見えそうなくらい、甘えた系女子っぽく答えた。

自分で演じておいてなんだが、やっぱりこういうふうにぶりっこするのは疲れる。慣れないことをするものじゃない。

一方、先生はキャラクターを偽ることをやめたのか、大人の対応をしてくれている。年末の対応も格好よかったが、今の先生もステキだ。

彼に嫌われるために演技をしているとはいえ、人として嫌われたくないなぁ、と思う。

だが、だからと言って今さら演技をやめるつもりはない。

せっかくステキな男性と知り合いになれたのだから仲良くなりたいかも、と頭の片隅で考えないでもなかったけれど、やっぱり私に恋は無理だ。

特に眼鏡男子とは恋に落ちたくないし、そもそも男運が皆無の私では碌なことにならないだろう。

私がそう考えている間にメールチェックを終えたようで、先生は「ありがとうございます、終わりました」と温和な表情で礼を言った。

それに「いいえ～、大丈夫ですぅ」と甘えた演技をする。表面上は平然と答えたけど、内心はドキドキしていた。

先生の笑顔がとてもステキで、見惚れてしまったのだ。そんなこと口が裂けても言えないけど。

ドギマギしている私をよそに、先生は店員を呼んで私にメニューを差し出した。

「渋谷さんは何を召し上がりますか」

だが、私はメニューを受け取らずに首を横に振った。

「美味しそうなものばかりで一人じゃ決められないんです～。先生が決めてくれませんかぁ？」

自分で言っておいてなんだけど、甘ったれているにもほどがある。なんだかイライラしてきた。

こんな私にも、先生は優しく笑いかけてくれる。

（ああ、もう、心苦しいです。そんなに優しくほほ笑みかけないで。嘘をついている罪悪感で今すぐ逃げ出したくなるから）

ますます演技をするのが辛くなってきた私に、先生はほんわかとした雰囲気で尋ねてくる。

「わかりました。私が決めてもいいんですね？」

「……」

黙りこくって頷くと、先生は次々に料理を頼んでいく。

その内容は、女性が好みそうなものが多かった。

それも私の好きなものばかり。私の好物を知っているんですか？　と聞きたくなるほどだ。

不思議に思いつつ、ビールに口をつける。

心苦しさを隠しながら口にするビールは、やっぱり苦い。

ビールに抵抗を感じ、テーブルにグラスを置く。だが、手持ち無沙汰になるのがイヤでビールのグラスに再び触れる。

すると、手が伸びてきてグラスを取られてしまった。ハッとして顔を上げると、なぜか私のグラスを先生が持っている。

あ然としている私に、先生は甘ったるい笑みを浮かべてきた。

「ちょっと待っていてください」

「え？」

どういうことかと驚いていたら、先ほど注文を受けていた店員がオレンジジュースを片手にやってきた。

「ご注文いただきました、オレンジジュースです」

「ありがとう」

先生は店員からグラスを受け取り、私の前に置く。

「渋谷さん、どうぞ」

「え？」

訳がわからず、私は目を白黒させる。

私の表情が面白かったのか、先生はクスッと笑った。

「ビールは私が飲みますから。渋谷さんはオレンジジュースをどうぞ」

「どうして……？」

目を見開く私に、先生は見惚れるような笑みで答える。

「本当はビール苦手なんでしょう？」

顔が一気に熱くなった。必死に演技していたことがバレている。

でも、すべて演技だと気付かれた訳ではないはず。それに一度偽りの自分を見せた以上、貫き通すしかない。

動揺していることを悟られないよう細心の注意を払いながら、ぶりっこ再開だ。

「えー、そんなことありませんよ？」

先生が私から取り上げたグラスに手を伸ばしたところ、手首を掴まれる。

ハッとして先生を見ると、彼は真剣な顔をして首を横に振った。

「やめておきなさい」

「黒瀬先生」

「ビールが苦手なことはわかっていますから。こんなところで意地を張らなくていいですよ」

「っ！」

そんなに顔に出てしまっていたのだろうか。

まさか、ビールのことだけではなく、キャラクターを偽っているのもバレてしまっている……？

内心慌てていると、先生はスマホを手にばつが悪そうに笑った。

「美玖にメールをして貴女（あなた）の食べ物の好みを聞いたんです。ビールは嫌い、好きな飲み物はオレンジジュース」

「えっ！」

「大根のサラダが好きで、焼き鳥はつくねが好き。お魚は焼き魚と煮魚、どちらも好物なんですよね」

「あ、えっと、その」

「お酒はあまり飲まないから、つまみとなる料理と一緒にご飯物も食べたくて、デザートは欠かせない」

「……」

どうやら、さっきのメールの相手は美玖さんだったらしい。ということは、私の演技がすべてバレた訳ではないみたいだ。よかった。

「美玖情報ですから、間違ってはいないですよね？」

その通りです。思わず頭を垂れる。

美玖さんは、一体どれほどの個人情報を先生に流したのだろう。

あとで絶対に抗議しなくては。そう心に誓いながら、どんどん運ばれてくる料理に目を向けた。

美味しそうな香りと湯気に誘われ、「いただきます！」とご機嫌に箸を付けたくなる自分を抑える。

今は穏やかに先生と食事を楽しんでいる場合じゃない。とにかく嫌われて帰らなくてはならないのだ。

美玖さんにも男性と付き合う気は更々ないと伝えているし、「無理強いはしない」という言質をとってある。

先生はとてもステキな男性だ。このまま一緒にいたら恋をしてしまうかもしれない。だからこそ、長い間一緒にいることは危険なのだ。手遅れになる前にさっさと帰った方が賢明だろう。

それに、先生にも裏の顔があるかもしれない。

これだけ格好いい男性なら美玖さんや親戚の目を盗んで、女の人を侍らしている可能性だって充分にある。

金銭感覚がなくて、私に金銭をたかってくる可能性だってないとは言い切れない。

危ない、危ない。早く逃げなくちゃ。

先生のほんわかした雰囲気に、すっかり呑まれるところだった。ゆっくり食事を楽しんでいる場合じゃないはずだ。

失礼極まりないことばかり考えている自覚はある。でも、やっぱり眼鏡男子は信用できない。

それに、先生だって私と付き合いたくなくて、先ほどまで冷たい対応をしていたのだ。

お互い望んでいることは一緒だし、利害は一致しているはず。

それなら早急に話をつけて、この場はお開きにした方がお互いのためだ。

「さぁ、渋谷さん。食べましょうか」

そう言って小皿を差し出した先生に、私は首を横に振ってみせた。

「せっかくお料理を頼んでもらったのに、ごめんなさぁい。私はもう帰ろうと思います」

「え？」

「黒瀬先生だって帰りたいと思っていたから、先ほどまで横柄な態度をしていたんでしょう？」

「……」

私の言葉に、先生は何も反論しない。畳みかけるように、私は続けた。

「先生が言ったんですよぉ？　誰とも付き合う気はないって」

「そうですね」

素直に頷く先生を見て、なぜか胸の奥がツクンと痛んだ。

それをごまかすように、私は小さくため息をつく。

「美玖さんの顔を立てて来ましたけどぉ、私も断るつもりでここに来たので――」

これでお開きということで、と言いかけた私に、先生はどこか妖しげな笑みを浮かべた。

横柄で不機嫌な顔と、爽やかな笑みという両極端な表情を見てきたが、こんな笑みは初めて見た。

警戒心マックスでのけぞると、彼はフフッと意味深な笑いを零す。

「渋谷さんが先ほど言った通り、僕は誰とも付き合う気がなかったので断るつもりでいました」

「それなら、早くお開きにしましょう」

そう口にして腰を上げようとした途端、先生は真剣な口調で言った。

「ですが、相手が渋谷遙さんだとわかった以上、お断りする理由はありませんね」

「へ……？」

何を言い出したのだろうか、この人は。

先生は、女性と付き合う気はないと言っていたはずだ。それなのに、今頃なぜ……？

頭の中が真っ白になった私の視線の先で、先生の眉が優しく弧を描いた。

「実は貴女に興味が湧いたのです。どうでしょう、まずはお試しで付き合ってみませんか？」

「無理です!!」

演技をしていることをすっかり忘れ、素の自分で叫んでいた。

演技なんて今は無理だ。とにかく発言を撤回してもらわなくては困ってしまう。

間髪容れずに断ると、先生は人のよさそうなほほ笑みを浮かべた。

「どうして？」

「どうしてって……どうしてもです！」

こんな状況になるなんて夢にも思わなかったので、対応の仕方がわからない。

戸惑う私に、先生はもう一度「どうして？」と穏やかに聞いてきた。

その声に促されるように答える。

「私……眼鏡をかけている男性が苦手なんです」

「眼鏡、ですか？」

驚いた様子の先生に、私は小さく頷いた。

「はい。眼鏡をかけた男性との思い出はすべて最悪なんです……スミマセン」

「そうですか」

あまりにあっさりとした返事に拍子抜けしてしまう。

もっと、こう……畳みかけてくるかなぁと身構えていたのに。そこまでして付き合いたいと思っている訳ではないみたいだ。

確かに先ほどまで先生の好みとは真逆の女性を演じていたし、嫌われても仕方がない態度をとってきたつもりでいる。

だけど、自分に魅力がないと言われたようで、チクンと胸の奥が痛む。

でも、いい。私は先生と付き合う気はない。ううん、男の人と恋をするつもりはないのだから、これでいい。これでいいんだ。

自分に言い聞かせるみたいに、何度も内心で呟きながら小さく頷く。

諦めてくれてよかった。もう、先生と会うこともないだろう。

これで、自分を偽るのは今日限りで済む。

やっぱり私には、こんなふうに優柔不断で甘えた態度をとるのは性に合わない。

（……これでよかったんだよね）

なぜか納得できていない自分にもう一度言い聞かせて俯く。

すると、正面から声がかけられた。

「他に理由はありますか？」

「え？」

顔を上げると、先生がニコニコと人のよさそうな笑みを浮かべている。

毒気を抜かれた私は、またしても演技をすることを忘れてしまっていた。

しかも、とっさに口から出てきた言葉の数々は、あまり人に知られたくない内容だった。

「私、壊滅的に料理はできないし、掃除をすればかえって汚しちゃうし、洗濯だってまともにできたためしがないんです。こんな女、付き合うのもイヤでしょう？」

これまで付き合ってきた男性は二人。それも一週間以内に別れたので、低すぎる女子力がバレることはなかった。

だけど万が一、先生とお付き合いする運びになり、順調に交際が続いたとする。

そうすれば、いずれ料理をしてほしい、なんて言われることもあるだろう。

そのときに幻滅(げんめつ)されるのが手に取るようにわかる。

それぐらいなら最初に申告をして、「女子力が足りない子は、ちょっと……」と尻込みしてもらった方が私的には助かる。……すごく傷つくけど。

こんな現実を突きつけられれば、さすがに私と付き合いたいなどと思う訳がない。

だからこそ恥を忍んでコンプレックスをぶちまけたのだ。

ああ、これでこの話は終わった。

さぁ、帰ろう。そう思っていると、先生はカバンから手帳を取り出して何かを書き始めた。

不思議に思って見つめていたところ、先生は手帳を一枚ちぎり、こちらに差し出す。

「どうぞ」

「えっと……え？」

思わず受け取ってしまったが、これは一体？

まじまじとその紙を見ると、携帯の電話番号やメールアドレスが書かれている。

「受け取ってください」

「う、受け取る理由がありませんが」

紙を突っ返そうとしたけれど、一向に受け取ってくれる気配はない。

どうして先生と付き合うことができないのか、きちんと理由を言ったはずだ。

それなのに、どうして連絡先を私に渡したのだろう。

混乱している私に、先生は見惚れるほど爽やかな笑みを向けてきた。

「さぁ、せっかくの料理が冷めてしまいますよ。食べましょう」

「いや、え……ちょ、ちょっと」

止める間もなく、先生はお皿に料理を取り分けていく。

次々に料理が小皿に盛られていく様を呆然と見つめていた私は、やっと我に返って苦い顔で言った。

「黒瀬先生の連絡先、受け取る理由がありません」

「ありますよ。いずれ必要になりますから」

「はぁ？」

全くもって意味がわからない。

先生と会うのはこれが最後のはず。それなのに、いつ先生の個人情報が必要になるときがくるというのか。

私は、ただただ途方に暮れた。

「ほら、渋谷さん。きちんと食事はしましょう」

「黒瀬先生……」

文句や疑問を目で訴えるが、先生はそれを華麗にスルーする。

「僕一人では食べきれません。残してしまうのは、もったいないですか？」

「そうですけど……元はと言えば先生が注文されたせいですよね？」

「ええ、渋谷さんの好きなものばかりを、ね」

「……」

その言葉に何も言えなくなる。

要するに、注文をしたのは自分だが、私の好きなものばかりを頼んだ。だから食べていけと言いたいのだろう。

そう言われると、私としても拒否しづらい。

「……わかりました、食べます。だけど、食べたら帰りますからね」

大根サラダに手を付けた私を見た先生は「わかっていますよ」と困ったように頭を掻いて笑った。


「待ってください！　ここは割り勘で」

食事を済ませたあと、私たちは、洋風居酒屋の出入り口の前で言い合いをしていた。

と言っても、目くじらを立てているのは私一人。先生は涼しい顔をしている。

私がちょっと席を外した間に、先生がお会計を勝手に済ませてしまったのだ。

それに慌てた私は、店の外に出てからも抗議を続けている。

今はもう自分を偽るとか、演技がどうとか。そんなことを言っている場合じゃない。

とにかくお金を受け取ってもらわなくては帰ることができない。

そう訴えているのに、先生が聞く耳を持ってくれる気配は皆無だ。

「いいえ、今日は楽しい時間を過ごさせていただきました。そのお礼に食事代は払わせてください。今後のこともありますし」

「えっと、黒瀬先生。お互い今後の付き合いは断るということで一致していたはずじゃ？」

もう会わない者同士、ここは貸し借りなしにしておきたい。そう主張する私に、先生は目を見開いた。

「おや、先ほど言いましたよ。渋谷さん」

「え？」

「貴女（あなた）に興味が湧いた、と」

「は？」

「気が変わったということです」

目眩（めまい）がした。気が変わったって……そんなに簡単に変わるものだろうか。

最初はお互いがお互いに嫌われるように努力していたはずなのに。

思わずポカンと口を開けたまま、先生を見つめてしまう。

どこでどうなって、気が変わったというのか。

思い出しても、きっかけとなる何かがあったとは思えない。

混乱してつい考え込んでしまったけれど、ハッと気付いた。とにかく今は、お金を受け取ってもらうことが先決だ。

再び「割り勘で！」と懇願（こんがん）する私に、先生は悪戯（いたずら）っ子のような顔をしてみせる。

「では、次回は貴女が僕に奢（おご）ってください。それでチャラになりますよね？」

頭が痛くなった。私は先生と会うつもりはないのに、先生は私と再び会う算段を試みようとしてくる。それを私は躱（かわ）そうと必死だ。

「ですからね！　……えっ？」

反論しようとする私の頬に、何か柔らかいものが触れた。

あ然として目を見開いていると、先生は不敵に笑う。

先生の唇から視線を外せない。だって、あの唇が私の頬に触れたのだから。

「渋谷さん……いえ、遥さん」

「え？」

まだ頬に残る唇の感触に戸惑いを隠せない私は、先生を見上げるしかできない。

「覚えておくといいですよ」

「は、はい？」

「一見穏やかな人物に思えたとしても、実のところは違っているかもしれないということを」

「え！　ちょっと！」

再び私と先生との距離が近くなる。

またキスされるのかも、そう考えると顔が熱くなった。

後ずさって逃げようとする私の腕を掴み、先生は手を上げて大通りを流していたタクシーを止めた。

私たちの前にタクシーが停車すると、先生は私の耳元で囁く。

「そして、見えるものすべてが真実とは限りません。……眼鏡然り、君のこと然り」

「えっ！」

狼狽えたなんてものじゃない。これは問題発言だ。

もしかして、私が性格を偽っていることがバレてしまっているのかもしれない。

それに、眼鏡然りって……一体どういう意味なのだろう。

しかし、そのまま先生にタクシーに押し込められてしまったため、疑問を口にする暇もなかった。

「黒瀬先生、待ってください」

言いたいことは山のようにある。だけど、考えが纏まらなくて何から話していいものかわからない。

アワアワと声にならない声を上げ続ける私を見て、先生は神妙な顔をした。

「家事のことですが……」

「え？」

先ほどさらけ出した私のコンプレックスの件か。

さすがに、あれには引いたと言いたいのだろう。

傷つく覚悟をしていた私に、先生は予想を遥かに越えることを言い出した。

「手取り足取り、僕が教えて差し上げますから。ご心配なく」

「……!!」

先生は私の反応を確認もせず、タクシーの運転手にお金を渡すと車の扉を閉めてしまった。

慌てて窓を開け、「どういう意味ですか?」と聞いてみたのだが、先生は笑うばかりで答えてくれない。

「今度お会いするのを楽しみにしています」

「ですから！　私は男性とお付き合いする気はないし、もうお会いするつもりもありません！」

「次回は奢っていただきますからね」

「っ！」

噛み合わない会話に地団駄を踏みたくなる。

必死になって反論する私に意味深にほほ笑んだ先生は、「出してください」とタクシーの運転手に言った。

車が動き出して、私はさらに慌てる。

「ちょ、ちょっと！　タクシー代もいりません！」

「連絡、お待ちしておりますよ」

「黒瀬先生！」

思い返してみれば、先ほど連絡先を書いた紙を返そうとしたとき、先生は『いずれ必要になりますから』と言っていた。

あのときからこういう事態になるよう仕組んでいたというのだろうか。

私がお勘定は割り勘で、と主張してくるのも予想済みだったはず。

それをわかっていて全額を支払い、割り勘にしてほしいと懇願する私に『次回は貴女が僕に奢ってください』と言った訳だ。

それにタクシー代まで支払われている。これも何らかの形で先生に返さなければならない。

そうすれば、もう一度会うことは確約される。

私にしてみれば、今夜のお礼に食事に誘うか、お金を支払いに先生のもとへ行くかの二択から選ばざるをえない。

どちらにしても、再び先生に会わなければならない事態に追い込まれた訳だ。

すぐにでも引き返したかったが、時すでに遅し。タクシーは車線変更をしてしまっているため、止める訳にもいかない。

振り返ると、先生が飄々とした様子で手を振っているのが見える。

やられた、と嘆いてもあとの祭りだった。

3

気が付けば、あの夜から五日が経った。

今日は休み明けの月曜、ただでさえ休みを引きずりけだるさが抜けない日なのに、いつもよりもっとけだるい。疲労困憊（ひろうこんぱい）だ。

それもこれも、水曜の夜の出来事が尾を引いているせいだ。

私はこの五日間、ずっと先生のことを考えるはめになってしまった。

水曜日の夜から、先生に電話もメールもしていない。

改めてお礼を言わずにいることに社会人として申し訳なさを感じているものの、相手はあの黒瀬先生だ。

連絡をしたが最後、とんでもないことになりそうで怖い。

とはいえ、あの夜の食事代とタクシー代を返さなければ気が済まない。

どうすれば先生に直接会わず、お金を返すことができるか。

色々考えた結果、美玖さんにお願いすることにした。

美玖さんともあれ以来話せていなかった。木曜、金曜と仕事が忙しすぎて、同じ会社にいるというのに顔を合わせることができなかったのだ。だから、未だにあの日の抗議をしていないし、電話もできずじまい。

でも、もうそろそろ美玖さんに訴えた方がいいだろう。

元はと言えば、彼女が仕組んだことだ。

それも私と黒瀬先生を二人きりにしてさっさと帰ってしまったのだから、私へのお詫びということで代金を返してきてもらおう。

昼休みに美玖さんを捕まえることができた私は抗議とお願いをした。

「美玖さんが黒瀬先生にお金を返してきてくださいよ！」

「イヤよ。遙が新くんに借りたんだから、直接返すのが筋じゃない？」

「うっ……」

あっさりと却下されてしまった。美玖さんが言うことももっともだ。だけど納得がいかない。

なんとかお願いしたいと食い下がる私に、彼女はニンマリと笑った。

「何よ、遙。どうしてそんなに新くんに会いたくない訳？　あのあと、何かあったの？」

「べ、べ、別に……何もないですよ？」

思わず目を泳がせてしまう。

ふーん、とものを言いたげにしている美玖さんに慌てて言い募る。

「えっと、ほら！　私は男の人と付き合う気はないって最初に言っていたでしょう？　それに黒瀬先生は私にとっては鬼門である眼鏡男子だし、あんまり関わりたくないっていうか」

息を荒くして必死の形相になっている私を見て、美玖さんが怪しげな笑みを深くした。

「知っている？　遙」

「何をですか？」

「遙ってね、後ろめたいことがあるとき、隠し事をするときにだけ口調が速くなるのよ」

「えっ？」

そんなこと知らない。首を左右にブルブル振ると、美玖さんは楽しそうに笑った。

「水曜の夜、新くんと何があったのか知らないけど。遙がここまでムキになって会いたくないっていう理由は、新くんにもう一度会ったら恋しちゃいそうだからじゃないの？」

「……」

あまりのことに、私は何も言えなくなる。

「すでに恋、しちゃっていたりしてね」

美玖さんの言葉に胸がドクンと大きく高鳴った。

そんなのは困る。だって、私は男の人と付き合いたくないんだもの。

確かに黒瀬先生はステキな人だと思う。課長を助けてくれたときの彼は本当に格好よかった。

そして、再会した先週水曜日の夜。最初こそ横柄でぶっきらぼうな態度だったが、私の名前を聞いた途端に優しくなった先生の笑顔が忘れられない。

脳裏に浮かんだ先生の顔を消したくて頭を振っていると、美玖さんは冷たく宣言をしてきた。

「私からは動かないわよ。それに遙、あの日あからさまに新くんに嫌われようと必死にぶりっこしてたでしょ？」

「うっ」

やっぱりバレていましたよね。

目を泳がせる私を見て、美玖さんは肩を竦めた。

「無駄よ、遙。人間、簡単に本性を隠すことなんてできないし、新くんも遙が自分を偽っていることはわかっていると思うわよ」

「それはないですって」

確かに演技は完璧ではなかったし、別れ際に意味深なことを言われたけれど……

隠し通せているはずだ、うん、大丈夫。

自分にそう言い聞かせていると、美玖さんはプッと噴き出した。

「まぁ……。遙がそう思い込みたいのはわかるけどね」

何か含みのある言い方だ。美玖さんの言葉に動揺してしまったが、気持ちを切り替えて今後の対応について考える。

だけど、どれだけ考えても妙案は見つからないし、美玖さんは断固として先生にお金を渡してくれそうもない。

こうなったら仕方がない。文明の利器を使って交渉しよう。

「じゃあ、メールしてみます」

半ば自棄になって言ってみたところ、美玖さんは「それがいいよ～」と他人事だ。

少しは助けてくれたっていいのに、と恨み節をツラツラと言いたくなるが仕方がない。

スマホを取り出し、先日先生から手渡されたメモ書きを見つめる。

メールをする、イコール私の連絡先がバレるということだ。

だからこそ最後の砦として取っておいたのだが、こうなったらメールするしかない。

本当は電話で決着を付けた方がいいのだろうけど、直接話したら先生にいいように丸め込まれてしまいそうだからやめておく。

腹をくってスマホの入力を始めたところで、美玖さんが「一ついいこと教えてあげようか」と言い出した。それも、なんだかとても楽しそうだ。

「なんですか?」

眉を顰めて聞くと、美玖さんは得意げになって言う。

「黒瀬先生って呼ばない方がいいよ」

「どうしてですか？　お医者様だし、名字は黒瀬だから間違ってはいないですよね？」

初対面の印象が強くて黒瀬先生と呼んでいたのだが、それはよくなかったのだろうか。

小首を傾げる私に、美玖さんは苦笑した。

「新くんの周りで黒瀬先生は先代のことを言うの。新くんと私のおじいちゃんのことね」

「そうなんですか？」

「うん。だから新くんをそう呼んでも反応薄いわよ」

「じゃあ……なんて呼べばいいんですか？　黒瀬さん辺りが妥当でしょうかね？」

と言ってもメールをするだけだから、呼び名であれこれ言わなくてもいいと思うけど。

美玖さんにそう伝えると、「わかっていないわね」と大袈裟にため息をつかれてしまった。

「新くんがなかなか話を聞いてくれないときには〝新先生〟って言ってみなさいよ。きっと喜んで話を聞いてくれるから」

「……新先生ですか」

「これだけは絶対に聞いてほしいってときには〝新さん〟って言ってごらん。絶対に言うことを聞くよ」

「美玖さん。貴重な情報をいただいて嬉しいですけど、それを使う機会はないと思います」

これからメールを送り、どうにかして立て替えていただいたお金を返す予定だ。この件さえ片付けば、もう会う気はない。

「えー、面白くない」

「面白がらないでください。私は必死なんですから」

「いいじゃない、新くんと食事に行けば。遙が奢(おご)ってあげたら、それで終わりでしょう?」

一度食事に行けば終わり、そんな訳がない。

先日の先生の様子では、まだまだ私に迫ってきそうだ。自意識過剰かもしれないけれど、用心するに越したことはない。

どうして私に興味を示したのかはさっぱりわからないが、好かれていることだけは確かだと思う。

私はギュッと拳を作って、美玖さんに宣言する。

「行きません。何度も言いますけど、私は黒瀬先生とお会いするつもりは二度とないです！」

ブーブー文句を言う美玖さんを横目に、私は先生にメールを打つ。

『新先生、こんにちは。水曜日はありがとうございました。つきましては食事代とタクシー代をお返ししたいと思っています。できれば現金書留で送金させていただきたいです』

美玖さんから助言をもらったので、早速〝黒瀬先生〟から〝新先生〟に呼び方を変更してメールを作成してみた。

これで先生がすんなり受け入れてくれればいいのだけど……と、スマホを見つめているると、すぐに返信がきた。

その文面は、『食事のお誘いでしたら、いつでもお受けしますよ』だけ。

これでは何の解決にもなっていない。

その後、何度か文章を変えてメールを送信してみたが、返ってくる言葉はどれも一緒。食事の誘い以外は受け付けない、と言わんばかりだ。

「美玖さーん」

「泣きついてきてもダメよ。じゃあ、新くんに『ごちそうさま。水曜はありがとうございました』ってメールして終わらせちゃえば？」

それができたら苦労はしないです、と訴えたが、美玖さんはニマニマと笑うだけ。助けてくれないようだ。

それについても恨みがましく文句を言うと、彼女は心外だと顔を歪めた。

「助けてあげないわよ～。女に興味を持たなくなっていた新くんが遙に興味を示したのよ？　このチャンスを逃したら新くん、一生恋愛できないいんじゃないかしら？　それに、大好きな従兄の恋は応援したいじゃない」

「可愛い後輩が泣きついているのにですか？」

「可愛い後輩にもいい恋愛をしてもらいたいから、ここは心を鬼にしているの」

鬼にならなくていいです、と愚痴ると、美玖さんがポンポンと肩を叩いてきた。

「私、新くんはお買い得だと思うけどな。もう一度会ってみたら？」

取って食われる訳じゃないし、と美玖さんはカラカラと笑う。

（取って食われるかもしれないから、お願いしたんです！）

そう思うけど、口には出せない。そんなことを言ってしまったが最後、美玖さんの尋問が始まるに違いない。

先生からのキスは、誰にも話さず内緒にしておきたいと思ってしまったのだ。どうしてそんなふうに考えるのかはわからないけど。

ニマニマ笑うだけで助けてくれそうもない美玖さんと食堂で別れ、私は足取り重くオフィスへ向かう。

「仕方がない。直接返しに行こう」

病院が春ヶ山駅の近くにあるのは知っているので、迷うことはないだろう。

スマホをポケットから取り出し、ネットで『春ヶ山駅　黒瀬医院』と検索をかけて診療時間をチェックする。

すると、水曜日は昼までで、午後からは休診と書かれていた。

今週の水曜日は都合のいいことに有休をとっている。

全く有休を使っていなかったので、「少しは消化してください」と総務課に言われたからだ。

有休を入れたはいいが、特に用事もなかったし、ちょうどいい。

午前の診療時間終了直後に病院に行けば、きっと病院内に入れるだろう。

受付の人にお金を預けて帰ってきてしまえば問題ないはずだ。

我ながらナイスアイデア!!　これはもう、水曜日に黒瀬医院に行くしかない。

(受付でお願いするだけだし、先生に会わなくて済むよね)

そう考えた直後、なぜか少しだけ寂しさが込み上げる。

先生に会いたくない。だけど、もう一度お話ししたいと考える自分もいて戸惑ってしまう。

先生に会うということは、また演技をしなくちゃいけないということだ。それなのに、先生と会う可能性を思ってワクワクしている自分自身が不思議だった。

＊＊＊

水曜日のお昼過ぎ、私は黒瀬医院の前に立っていた。

すでに午前の診療時間は過ぎている。駐車場を見回しても車は一台もない。

今なら、こっそりと受付の人にお願いできるだろう。

そそくさと自動ドアの前に立つと、そこに見知った顔の人物がいて、私は目を丸くした。

長年通っているスポーツジムで仲がいいおばあちゃん、滝本さんだ。ここがかかりつけの病院なのかもしれない。

滝本さんも私に気が付いたようで、「あらあら」と驚いた様子で近づいてきた。

「あら、遙ちゃん。こんなところで会うなんて奇遇ねぇ」

「そ、そうですね」

「どうしたの？　どこか具合でも悪いのかしら。でも午前の診療時間は終わってしまったわよ」

「えっと、はい。実は、黒瀬先生に用事が」

「黒瀬先生って？　大先生のこと？　昨年引退されたわよ」

そうだった、と美玖さんの言葉を思い出す。

黒瀬先生と呼ばれているのは先代である美玖さんたちのおじいさんのこと。なので、新先生と呼ばないと病院関係者には通じないと言われていたのをすっかり忘れていた。

「えっと、新先生に用事があって」

慌てて言い直す私を見て、滝本さんはなぜか目を輝かせた。

「え？　新先生に!?　何よ、遙ちゃん。新先生と知り合いなの？　もしかして恋人同士とか！」

「ち、ち、違いますよ！　ちょっとした知り合いなんです」

慌てて訂正したが、どこまで通じているのやら。

滝本さんは、すっかり誤解しているようだ。

ふと周りを見回すと、待合室に患者さんはいなかった。しかし、数人の看護師さんや事務の人がこちらを見て目を丸くしている。

これはマズイ。こんなに騒ぎ立てていては、いつご本人が登場するかわからない。

私は用意していた封筒をカバンから取り出し、受付にいた女性に差し出した。

「診療時間後に申し訳ありません。私、渋谷と言いますが、以前新先生にお金をお借りしていまして……封筒の中にお金を入れてありますので、先生に渡していただけないでしょうか？」

さっさとお願いして退散したい。

封筒を受付の女性に押しつけるように渡して逃げ帰ろうとした、そのときだった――

「どうして遙さんは、恋人同士というのを訂正してしまうんですか？」

「あ、あ、新先生？」

「おや、貴女の声で新と呼んでもらえるとは。嬉しいです」

ドキドキしますね、と爽やかに笑う先生を見て、私は滝本さんの陰に素早く隠れる。

先週の水曜日の夜、新先生はもちろん私服だった。スタイルがいいから、とても似合っていたことを覚えている。

だけど、今はお医者様モードで白衣姿だ。

男性のスーツ姿は二割増しで格好よく見えると言うが、白衣も同じらしい。

それも何と言っても、私が特に弱いのは眼鏡。

白衣に眼鏡、最強の組み合わせだ。

しかも新先生はスタイルだけではなく、顔もすごくステキだ。

ああ、どうしてこんなに格好いい人が今まで女性と距離をおいていたのか、理解できない。その気になれば、よりどりみどりのはずなのに。

自分の後ろに隠れたまま固まっている私を振り返り、滝本さんは不思議そうに首を傾げる。

「あら、遙ちゃん。どうしたの？　恥ずかしがっているのかしら」

「恥ずかしがる遙さんも可愛いですね」

「っ！」

なんか新先生……この間よりパワーアップしている気がする。

こんなに甘いことを言う人だったなんて、予想外だ。

今まで男性に褒められる経験はあまりなかったせいで、胸がバクバクと大きな音を立ててしまう。

「新先生と遙ちゃん、知り合いだったのねぇ。水くさいわ」

「知り合ったのは、先週なんですよ」

滝本さんと新先生は、何やら私を抜きにして話をしている。だが、今はそれどころではない。

とにかく、ここから逃げなくちゃ。これ以上、心臓に悪いことは勘弁していただきたい。

ジリジリと出口に向かって足を動かす私の耳に、とんでもない言葉が飛び込んできた。

「それじゃあ、新先生と遙ちゃん。一週間前に付き合い出したばかりなのね！」

「ええ、そうなんですよ。ついに僕の伴侶が見つかりましてね」

新先生が照れながら言うと、滝本さんをはじめ、病院スタッフの皆さんから「おお！」と歓声が湧き上がった。

　あまりの盛り上がりっぷりに、私は大いに慌てて反論する。

「冗談はやめてください、新先生。皆さんも真に受けないでくださいね。先生とはただの知り合いですから」

「可愛い遙さんですが、怒るときはさすがに声がキツくなるのですね」

「っ‼」

　先生に言われてハッとした。そうだ、新先生の前では甘ったるく媚びを売り、さらには女を前面に押し出すキャラを演じなくてはいけなかったのに。

　コホンと小さく咳払いをしたあと、私は口調を変えて再び反論する。

「新先生、嘘はダメですよぉ？　私は誰ともお付き合いする気はないって言いませんでした？」

「ああ、そうでしたね」

「え！」

　なんか、今、軽く流された気がする。

　ぽかんとしていると、先生は急に私の腕を掴んだ。

「さて、今日の診療は終了したんです」

「そ、そうですかぁ」

「はい。遙さんは、いいタイミングで来てくれましたね。ゆっくりお話ができそうです」

「いいえ、私はお金を返しにきただけですよぉ」

ですから、この手を離してください。そう目で訴えたが、新先生はそれを軽くスルーし、受付の女性に声をかけた。

「先ほど彼女が持ってきた封筒はそれ？」

「はい。先生、どうぞ」

受付の女性も、どこかこの状況を楽しんでいるように見える。

「違うんです、これには深い事情が……」

私が焦って訂正しようとしても、誰も聞いてくれない。

それどころか、祝福ムード一色だ。

誰か、私の話を聞いてくれる人はいないのだろうか。

そう思いながら滝本さんに視線を向けたところ、「お幸せにね」と涙ぐまれた。これでは援護を求めても無理だろう。

ガックリと項垂れた私は、新先生に診察室へ強引に連れ込まれてしまった。

「さあ、遙さん。こちらにどうぞ」

「いいえ～、私はこのまま帰りますから。離してほしいんですぅ」

なんとかして二人きりという状況から脱したいのだが、新先生は許してはくれない。

「離してもいいですけど、お金は受け取りませんよ」

「受け取らないって……そのお金は、もう先生のものですよ。これで用事は済みましたもの～。私は帰りますね～」

こちらとしても必死だ。ぶりっこをしながら拒否するのは相当難しい芸当だった。これは戦略を間違えたか……？

愛想笑いをして主張する私に、先生は真剣な表情で言う。

「帰しませんよ。次の約束を取り付けるまでは」

「もう、会わないってあのときに言ったはずですよぉ！」

「でも、僕は承諾していない。だから、遙さんの主張は無効ですね」

そんなのってない。満面の笑みで自分の主張を通そうとする先生は、羊の皮を被った狼に見える。一方の私は虚勢（きょせい）という皮を被った羊といった感じだろうか。

このまま先生のペースに呑まれてしまったら、次の約束もしなくてはならなくなるかもしれない。

それだけは断固として阻止しなければと決意していた私は、次の瞬間、硬直した。

「ちょ、ちょっと。新先生！」

「どうしましたか、遙さん」

「どうしたも、こうしたも……!!」

椅子に座ることを拒否した私を、新先生はあろうことか自分の膝の上に強引に座らせたのだ。

しかも、腰に先生の腕が回されている。

こんなふうに男性と密着することなんて今までなかった私には、あまりに刺激的すぎる出来事だ。

演技をすることも忘れ、私は先生に懇願(こんがん)した。

「お願いですから、下ろしてくださいっ!」

「駄目ですよ、遙さん。僕は椅子に座ってくださいとお願いしたのに、逃げることばかり考えていたでしょう?」

「そ、それは……」

だって、これ以上新先生と関わりたくない。ドキドキして心臓がいくつあっても足りなくなってしまう。

まだ拒(こば)む私に、先生は選択肢を提示してきた。

「では、遙さんに選ばせてあげましょう」

「え?」

「大人しく椅子に座って僕と話をするなら、膝の上から下ろしてあげます」

そう言われる間、時折耳に新先生の吐息が当たり、身体中が熱くなってしまう。

お願いだから耳元で話すのはやめてほしい。

身を捩る私に、先生はもう一つの選択肢を与えた。

「それがダメなら、今すぐデートの日時を決めてください」

「なんですか、その選択肢は！」

どちらも先生寄りの選択肢だ。異議を申し立てる私の耳元で、彼は妖しげに笑う。

「どちらも聞けないというのなら、そうですね……このままそこのベッドで遥さんを可愛がりますが」

「っ！」

近くにある、清潔な白いシーツのかかったベッドに視線を向ける。

ここは診察で使うベッドだろう。どう考えても寝るためのものではない。ましてや可愛がるって、何!?

口元をわななかせて、私は恐る恐る先生に聞く。

「か、か、可愛がるって……？」

「それはもちろん、遥さんの身体を余すところなく隅々まで可愛がるんです」

「っ！」

最後にとんでもない選択肢を突きつけられた。

こうなったら消去法だ。私は身体を捩(よじ)って後ろを向き、先生に懇願した。

「椅子に大人しく座って、先生のお話を聞きますから！」

「いい子ですね。さぁ、どうぞ」

やっと腰に纏(まと)わりつく腕が離れた。ホッと胸を撫(な)で下ろし、私は先生の前にある丸椅子に腰かけた。

「決断力があって、元気がある。そういう遙さんも好きですよ」

「あっ！」

また素の自分が出てしまっていたようだ。慌てて科(しな)を作り、すぐさま甘えたモードに切り変えた。

「えっとぉ、こうして大人しく座りました。早くお話を聞かせてくれませんかぁ？　私、とっても忙しいんですよぉ」

甘ったるい声を出して、先生の好みとは正反対の女を演じる。だが、新先生はニコニコと笑顔を崩さない。

私一人、必死に演技をしていることが馬鹿らしく感じる。

しかし、今まで先生の前では媚(こ)びる女を演じてきたのだ。ここで変更したら不審に思われてしまう。

と言っても、すでに何度も素の自分が出てしまっているから、先生は勘づいているかもしれないけど。いや、大丈夫だよ、たぶん……うん。

それでも、私はやるしかない。ムン、と唇を強く引き結び、澄まして先生を見た。

「新先生の話を聞く前に、言いたいことがあるんですけど。いいですかぁ?」

「何ですか?　遙さん」

笑みを浮かべる新先生は、文句なしに格好よくて素敵だ。

眼鏡男子+白衣+イケメンという組み合わせは、破壊力が半端ないことが今、実証された。

顔が赤くなっていくのが自分でもわかったが、平常心と心の中で呟く。

「新先生は、元気があって自分をしっかりと持っている女性が好みだと美玖さんから聞いていますよぉ。私は、先生のタイプとはかけ離れていると思うんです。だって私、一人じゃ何も決めることができないですしぃ、人に甘えたいタイプなんですよぉ」

自分で言っておいてイライラしてしまうが、グッと堪える。

一方、先生は穏やかに口元を緩めた。

「遙さんがおっしゃる通り、元気いっぱいで自分を持っている女性が好きですね」

「そうですよね!　だからこそ初心を忘れてはダメだと思うんですよ、私」

新先生、頼むからご自分の趣味をもう一度確認してほしい。

しっかりと再認識すれば、こんなに甘えたで、優柔不断なことばかり言う女になんて目もくれないはず。

そう思った途端、胸の奥の方がチリリと痛んだが、それをごまかすように先生を促した。

「元気いっぱいで自分を持っている女性が好みというなら、私は正反対ですもの～。私と先生では付き合えませんよね」

「……」

「私は男性とお付き合いする気はないですし、お互い意見は一致してますよぉ～」

ここで先生が「そうですね」と同意してくれれば、すべてが終わる。

さぁ、帰り支度でもしようかと立ち上がろうとした私は、先生の言葉で動きを止めた。

「でも、好きになった人が好みになるってこともあると思いませんか？」

「えっと、え？」

よく意味がわからず聞き返すと、先生は見惚れるほどキレイな笑みを浮かべた。

「ほら、好みとは真逆の人と付き合ったり結婚したりする人もいますから。こういうのは理屈じゃないんですよ」

「は、はぁ」

納得できるような、できないような。答えに困る私に、先生は顔を近づけてきた。

「ち、近いですよ。新先生」

「そうですか？　これぐらい普通でしょう」

「何をもって普通だとおっしゃるのか、私にはわかんな～い。普通というのなら、もっと離れるべきですよぉ、うふふ」

親しくもない男女がこの距離で顔を見合わせているのは、絶対に不自然だ。

椅子にはキャスターがついており、私はそれをゆっくりと後ろへ動かして先生から離れる。

しかし、私の努力もむなしく、離れれば離れた分だけ先生が近づいてくる。

「先生？　どうして近づいてくるんですかぁ？」

「どうしてでしょう？」

「私と先生は、一週間前に出会ったばかりですよぉ。そんな異性同士が、こんなにくっつくなんておかしいと思うんですぅ」

「そうでしょうか？　僕は貴女という人を口説いている最中ですから、おかしくないかと思いますよ」

そう言って首を傾げる先生は、物腰柔らかで笑顔も爽やか。口調も優しい。

美玖さんが言っていた通りの人だと思う。

だけど、何だか違うのだ。何が違うのかと聞かれても具体的に説明はできないけど。

一つ言えるのは、新先生は危険人物だということだ。

「遙さんが離れていくから近づくんですよ」

「だって、先生が近づきすぎるから離れているんですってばぁ！」

「そんなに離れたら、キスの一つもできないでしょう？」

「あっ……」

やっぱり危険だ。絶対に要注意人物である。咄嗟に逃げようとした私は両肩を掴まれ、拒む暇を与えられず唇を塞がれた。

唇に触れる柔らかくて温かい感触で、私は先生とキスをしていることを再確認する。

「っふぅ……ん」

鼻から抜ける声は、耳を塞いでしまいたくなるほど淫らで甘い。

男性と付き合ったことはあっても、キスの経験はほとんどない。まっさらと言っても過言じゃないのだ。

そんな私が、付き合ってもいない男性とキスをしているなんて。

平手打ちを一発お見舞いしてもいい状況なのに、私はただ新先生の唇に翻弄され続けている。

チュッと優しく啄むように唇を重ねられ、甘噛みされた。

私の唇の感触を確かめるみたいに、何度も何度も先生の唇が触れる。

その官能的なキスを、私は抵抗することもなく受け入れてしまう。

私は拒まないんじゃない、拒めないんだ。

男性経験がないから、キスをあまりしたことがないから、白衣を着た眼鏡男子を目の前にしているから、それからそれから……

頭の中で色々な言い訳を考えているうちに、先生の舌が私の口内に入り込もうとした。

その瞬間、背筋に甘い痺れが走る。それに驚いた私は、先生の胸板を両手で押して突っぱねた。

「いいかげんにして！　こんなことしないで！」

「こんなことって？　キスのことですか？」

「っ！」

顔が一気に熱くなる。テンパった私は心の中で叫んだ。

（そうだよ、それ。恥ずかしくて〝キス〟って言えなかったのよ、悪い？）

ギュッと唇を噛みしめ、新先生を睨みつける。

私は椅子から立ち上がり、そばに置いておいたカバンを引っ掴む。そして、転びそうになりながら慌てて診察室を飛び出した。

背後で私の名前を呼ぶ先生の声が聞こえたが、立ち止まってやるものか！

振り向きもせず、前だけを向く。だが、走っている最中にも、唇に残る先生の温もりを感じて胸がキュンと高鳴ってしまった。

（ドキドキなんてしていないんだから、キスされたって恋なんてしないんだから）

この胸の高鳴りは……そう、動転しているだけ。絶対に先生のキスにドキドキしている訳じゃない！

胸のモヤモヤを晴らすように、私はヒールの音をカツカツと立てて勢いよく走る。

これでおしまい。先生と会うのはこれが最後。

そう考えて折り合いのつかない心を整理したのに、この三日後に先生を見かけることになるなんて、思ってもいなかった。


今日は土曜日。休日出勤をしていた私は、帰宅するため疲れた身体を引きずりながら電車に乗って、乗り換え駅である春ヶ山駅までやって来ていた。

本当なら仕事はお休みなのだが、かなり立て込んでいたせいで総務部の面々は休日出勤せざるを得なかったのだ。

なんとか仕事のめどが立ち、会社を出たのはいつもの退社時刻だった。

人の波に押されつつホームを歩いていると、向かいのホームの階段付近に見知った顔を見つけた。新先生だ。

（ぎゃぁー！　なんでこんなところに先生が？）

もう会うことはないと思っていた人に、まさかこんなに短期間で遭遇するとは思わず、動揺してしまう。

とはいえ、これだけ人がごった返しているのだ。向こうのホームから私の姿を見つけるのは困難なはず。

だけど、万が一ということがある。人の陰に隠れて先生に見つからないうちに逃げようとしたときだった。

「ん？」

先生は、ベビーカーを押している女性と何か話している様子だ。

やがて、女性はベビーカーから赤ちゃんを抱き上げ、彼はベビーカーを畳んで持ち上げた。

頭をペコペコと下げる女性に、先生は笑顔で首を横に振っている。そして二人は階段を上っていってしまった。

どうやら、先生は困っていた女性を助けてあげたらしい。

その光景から目が離せず、私は立ち尽くした。

どうしよう、なんかすごく胸が苦しい。

先生は優しくて頼りになる。それは、年末の忘年会で課長を助けてくれたときにも認識していたはずだ。

だけど今の出来事を見て再確認した。ドキドキしている胸に気が付いたが、私は慌てて頭を振る。
黒瀬新は危険人物。これは先日、黒瀬医院に行って思い知ったことだ。気を許しては
いけない。
この胸の高鳴りは、先生のことを男として好きになったからじゃない。人間として尊
敬して胸が高鳴っただけ。それだけだ。
もう、先生に会うことはないだろう。これでいい、これでいいんだ。
私は、人が少なくなったホームからようやく動き出した。

4

駅で先生を見た次の日、日曜日の夜。私は水着やバスタオルなどを詰め込んだ大きなトートバッグを肩にかけ、スポーツジムへ向かっていた。

自宅からスポーツジムまでは徒歩十五分の距離。この時間も運動の一つとして、テンポよく歩いて行く。

「一気に寒くなったなぁ」

吐く息も真っ白だ。年明けと同時に、寒さがより一層強まった気がする。

会社や通勤中の電車の中も、風邪ひきさんが増えたように思う。

今シーズン、なんとか風邪をひかないように気をつけなくちゃ。そう考えながら私はコートの襟を立て、冷たい風を凌ぐ。

こんなに寒い中をスポーツジムへ向かっているのは、気持ちをすっきりさせたいから。

悩みごとや憂鬱なことがあるときには、プールでがむしゃらに泳ぐのが私なりのストレス発散方法だ。

現在、私の頭の中を占めているのは新先生絡みの悩み事ばかり。

四日前の水曜日。私は食事代とタクシー代をどうしても新先生に返したくて、黒瀬医院に乗り込んでいった。

そのときのことを思い出し——私は、自分の唇にゆっくりと触れる。

この唇に新先生の唇が触れた。その事実を思い出すたびに、身体中の血液が沸騰(ふっとう)して顔が熱くなる。

先生からキスをされたあと、私は逃げるように黒瀬医院を飛び出した。

これにて、ジ・エンドだ。

新先生に立て替えてもらっていた食事代とタクシー代は無事渡したし、キスに驚いて逃げてきてしまったので、次回会う約束などもしていない。

新先生は私と食事に出かけたいと思っていた様子だけど、お流れだ。

「ちょっとだけ、惜しかったかなぁ」

誰にも聞かれないようにこっそりと呟いたあと、「これでいいんだ」と自分に言い聞かせる。

新先生はとてもステキな人だ。優しいし、物腰は柔らかだし。

容姿だって抜群にいい上に、私が好きな眼鏡をしている。

だけど、だからこそ彼に近づくのは危ないと思うのだ。それに、眼鏡男子は好きだけれども、どうしても信用できない。

もし、私が本気で新先生を好きになったとする。しかし、そのあとで振られたり不誠実なことをされたりしたら、今度こそ立ち直れないかもしれない。

それに、新先生には美人で優しく女子力の高い人がお似合いだ。そうなると、私はお呼びではない。

一時の気の迷いで、私を巻き込むのは止めてもらいたいと切に願う。

（それも、もうないけどね……）

お金も返してしまったし、今後、新先生と会うことはないだろう。

すっきりしたはずなのに、どこか寂しさを覚えるのはどうしてなのか。

そんなことを考えながら、スポーツジムの入り口に立つ。

施設に入ると、顔見知りの受付スタッフが声をかけてきた。

「こんばんは、渋谷さん。あれ、ちょっと久しぶりですよね？」

会員証をスタッフに差し出した私は、ばつが悪くて苦笑する。

「ここ最近、ちょっと疲れてて」

「年明けですもの。お仕事も大変ですよね」

「えっと、まぁね。あはは」

確かに年明けで仕事もバタバタしていた。だけど、疲れていたのは男性とのことで悩んでいたのが主な原因ですとは、とても言えない。

笑ってごまかすと、「いってらっしゃい」と受付スタッフに送り出されたので、ロッカールームへ進む。

「さぁて、今日はたっぷり泳ぐぞ〜」

頭の中がゴチャゴチャして考えが纏（まと）まらないときは、プールでがむしゃらに泳ぐに限る。

着替えた私はスイムキャップを被り、バスタオルを手にしてプールサイドへと急いだ。

まずはストレッチを、と身体を伸ばしていると、滝本さんたちから声をかけられた。

「遙ちゃん、こんばんは。あらら、ジムで会うのはなんだか久しぶりじゃない？」

「こんばんは、皆さん。お揃いでどうしたんですか？」

おばあちゃんたちが固まって井戸端会議に花を咲かせているのはいつものことだが、今日の盛り上がりはいつも以上だ。

首を傾げた私に、滝本さんがニマニマと意味深に笑った。

「遙ちゃん、ここ最近ジムに来ていなかったわよね」

「え、ええ……仕事が忙しくて」

「仕事？　私はてっきり先生とのデートで忙しいのかと」

「何言っているんですか！　滝本さん」

そんなことはない、と焦って反論する私を見て、滝本さんは目を輝かせた。

「いいの。いいのよ、遙ちゃん」

「へ？」

皆さんを見回すと、滝本さんと同様に、なぜかキラキラした表情で私を見つめている。

たじろぐ私に、彼女たちはにじり寄ってきた。

「な、な、何ですか……皆さん」

「うふふ、やっと遙ちゃんにも春が来たんだなぁと思ってね。皆で喜んでいたのよ」

他のおばあちゃんたちにまで嬉しそうにほほ笑まれてしまった。ここはキチンと訂正しなくちゃならない。

私は手を顔の前で大袈裟（おおげさ）なぐらいに振り、否定した。

「それ誤解ですから！　春なんて来ていません」

力強く言い切ったのに、おばあちゃん集団は誰も聞いてくれない。

それどころか、どんどん話を大きくしていってしまう。

結婚はいつなのかと聞かれたときは、卒倒しそうになった。

「ですから！　私は新先生とはお付き合いしてません！」

むきになって叫ぶ私に、滝本さんは瞳をキラーンと輝かせた。その「何もかもお見通しよ」と言わんばかりの表情に、私は思わず口を噤（つぐ）んだ。

「それなら何で新先生とあんなに親しくなっていたの？」

「えっと……会社の先輩と新先生が従兄妹同士でして。その関係で知り合ったというか、何というか」

歯切れの悪い私に、滝本さんはズイッと顔を近づけてくる。

「あら？　私にはただの知り合いには見えなかったわよ」

「いいえ、ただの知り合いです！」

ピシャリと言いのける私だが、滝本さんも負けてはいなかった。

「新先生に密室に連れ込まれていたくせに～。いや～ん、もう！　二人とも若いんだから」

「密室なんかじゃありません。診察室です！」

似たようなものよと主張し、キャーと黄色い声を上げるおばあちゃんたちに、私はもう脱力するしかない。

残念ながら、滝本さんは水曜日にあった黒瀬医院での一部始終を目撃している。

必死に言い繕ったとしても、私に疑いの目を向けるだけで信じてはくれないだろう。

それに実際、滝本さんや他の人たちには言えないこともしている。

(先生にキスされたなんて……口が裂けても言う訳にはいかないわ)

そう考えた瞬間、あのときのキスを思い出してしまう。赤くなっているだろう顔がおばあちゃんたちに見つからないよう、キャップを被り直しながらごまかした。

内緒のキスをした後ろめたさもあり、私はこれ以上反論できない。

それに最強軍団に立ち向かうほどの勇気は持ち合わせていないのだ。

まだまだ続きそうな恋バナに顔を引き攣らせつつも、「私、泳ぐので行きますね」と声をかけて逃げ出した。

一度プールに入り、泳ぎ出してしまえばこっちのものだ。さすがに、泳いでいる人間には話しかけられないはず。

逃げる私の背中に滝本さんたちが何か言ってきたが、それらはすべて無視、無視、無視。

ゴーグルをしたあと、そっとプールに入って大きく息を吸い込む。

一度水の中に潜り、そのままプールの壁を蹴って泳ぎ出した。

最初はクロールで泳ぎ、ターンをして今度は平泳ぎをする。今日はたっぷり泳ぎたいから初めは飛ばさず、ゆっくりペースを保っていく。

(ああ、気持ちいいー！)

息つぎをしたときに、チラリと見えたのはプールサイドを歩く男性の脚。

筋肉もほどよくついていて、キレイなラインをしている。どんな人なんだろう。

なんだかとても気になって五十メートルのターンをせず、私は足をついて顔を上げる。

ゴーグルを外してプールサイドに視線を向けたのだが、すぐにそれを後悔することになった。

「ゲッ！」

思わず叫んでしまった口を慌てて押さえて、回れ右をする。

(私は見ていない、見ていない、見ていない。絶対に見ていない！)

再び潜ってやり過ごそう。そう考えたときだった。

プールサイドで私の名前を呼ぶ声がする。

振り返りたくない。だけど、無視する訳にもいかないだろう。

そもそも逃げるといっても、このプールの中で逃げ切れる訳がない。

恐る恐る振り返ると、そこには爽やかに、そして穏やかにほほ笑む新先生がいた。

「こんばんは、遙さん」

「……」

私は何も言わないのに、彼は言葉を続ける。

「僕もこのスポーツジムに通っているんです。ただ、今まで遙さんに会うことがなかったのは時間帯が違っていたせいですね」

キラキラの笑顔を向ける先生に、私は頬を引き攣らせた。そして、次の言葉で硬直してしまう。

「これからちょくちょく顔を合わせることになると思いますので、よろしくお願いします」

　相変わらず優しげな笑顔を振りまく先生。だが、私にとっては全然嬉しくもなんともない。

　お互い同じスポーツジムに通っていながらも、一度として顔を合わさなかったのは先生が言う通りで利用時間が違っていたせいなのだろう。

　それなのに、これからは顔を合わせることになるなんて……

　顔を引き攣らせたまま、私は先生に聞いた。

「どうして、この時間帯に私が利用しているってわかったんですか？」

　その問いかけに、先生は楽しげに笑いながら反対サイドを指差した。

　そこには滝本さんをはじめ、おばあちゃんたちが嬉しそうに手を振っている。

　その光景を見て謎が解けた。

　私と滝本さんがジムでよく話しているということは、同じ時間帯にジムを利用しているということ。それに気が付いた先生は、滝本さんに私がいつジムを利用しているのか聞いたのだ。

「滝本さんのおしゃべり」

　プールサイドに腰かけふてくされる私に、先生は楽しげに声を上げて笑った。

「これで遙さんと顔を合わせるチャンスができました」

「べ、別に、先生は私のメールアドレスを知っていますよね？　わざわざジムで会わなくたって、私にメールすれば事は済みませんか？」

以前、お金を返したくて渋々メールをしたことがあるから、先生は私のメールアドレスを知っているはずだ。

何か用があればメールをしてくればいい。それなのに、わざわざ私がジムを利用する時間に合わせることはないはずだ。

首を傾げる私に、先生は少しだけ意地悪な表情になった。

「だって遙さん。僕がメールしても返信するつもりなんてないでしょう？」

「っ！」

ギクッとして思わず肩を竦める。

先生の言う通りだ。返信をすることなく、放置するかもしれない。

すっかり行動を読まれているようで、居心地が悪い。

目を泳がせる私に、先生はプッと噴き出した。

「確実に遙さんとお話したければ、ジムで会う方がてっとり早いと思ったんです。妙案でしょう？」

「……」

「遙さんはすぐに逃げるし、どうしても僕と付き合う気はなさそうですから。僕の方から動いてみました」

どうして私が悪いみたいな言い方をするんだろうか、この人は。

なぜ先生から逃げるのか、全然わかっていないらしい。

お金を返しに黒瀬医院に行った水曜日、確かに私は逃げるようにして病院をあとにした。

だけど、それもこれも全部先生のせいだと思う。

あることないこと滝本さんや病院スタッフの皆さんに言うし、挙げ句の果てには診察室に連れ込んでキスなんてしてきて――

（や、やだっ……!!）

また、彼の唇の感触を思い出してしまった。一気に頬が熱くなり、私は慌てて顔に水をかけた。

動揺している私を見て、先生はクスクスと笑いを零し続ける。それがまた癇に障った。

ギロリと睨みつけたのだが、彼は素知らぬ顔。私の怒りを増幅させたいのだろうか。

先生は不満たっぷりの私にチラリと視線を向けたあと、わざとらしく落胆してみせた。

「デートの約束をする前に、遙さんが勝手に逃げるから」

「逃げます！　あんな危ないところに長居は禁物ですもの！」

「危険じゃないですよ。なんせ病院ですし、僕はドクターですしね」

「……」

一番の危険人物が何を言う。白けた目で先生を見た私は、ツンと顔を背ける。

先生はあのとき、膝の上から下ろすための条件として三つの選択肢を突きつけてきた。

一つ目は、椅子に座って先生の話を聞く。二つ目は、デートの日時を決める。そして問題は三つ目だ。

二つのうち、どちらも選べないなら病院のベッドで可愛がるという……

思い出しただけでも恥ずかしい。これを危険と言わず、何を危険と言うのか。

しかも椅子に座り、話を聞く姿勢だった私との距離をジリジリと詰めてきた先生は、あろうことか唇にキスをしてきたのだ。絶対に危険人物である。

しかし、警戒しまくる私と比べ、先生は朗らかなものだ。

「僕は言ったはずですよ？　椅子に座って話が聞けたらって」

「きちんと座りましたよ、私」

噛みつかんばかりの勢いで言い切ると、先生はフゥと小さく息を吐き出した。

「座ったけど話が聞けなかったでしょう？」

「そ、それは！　先生がっ！」

「僕が、どうしたんですか？」

「っ！」

事の顛末を叫んでしまうところだった。ハッと我に返ったのは、背中に感じる視線のおかげだ。

滝本さんたちが私と先生を見て、なにやら嬉しそうに騒いでいる。

それに、若い女性たちが先生を遠巻きに見て噂をしているようだ。

あの人、ステキ！　だなんて言っているのだろう。

再び滝本さんたちを見ると、今度は私たちに向かって手を振っている。

私は顔を引き攣らせ、慌てて視線を逸らした。

こんなところで先生とのキスうんぬんなどと言ってしまったら……付き合っていると思われても仕方がない。

だが、断固として主張したい。私は先生とは付き合っていないし、付き合う気もないと。

ステキな先生にちょっぴり胸をときめかせたことは確かなものの、昔の恋の傷はかなり深く、未だに恋をしよう、誰かと付き合おうとは思えないのだ。

ただ……あのキスが、私の中にある何かを呼び起こしかけている気がしない訳でもないけど。

いやいや、ダメだ。これは気の迷い、気のせいだ。

「とにかく、私はまだ泳ぎますのでちょっかいを出さないでください」

プイッとそっぽを向く私に、先生はクスクスと可笑しそうに笑う。

可愛げのない返事をする私に、先生は肩を震わせている。

「女の子らしくて甘え上手の遙さんでも、怒ると声が低くなって怖くなるんですね」

「え……?」

目を丸くした途端、先生はニッコリと満面の笑みを浮かべた。

「ほら、遙さんは出会ったときから甘い砂糖菓子みたいな声を出していたでしょう?」

「っ!」

しまった。先生とジムで再会したことに驚いてしまい、演技をするのをすっかり忘れていた。

冷や汗が背中を落ちていく。これはマズイ。絶対にマズイ。

ああ、もう。二度と可愛い子ぶりっこをしなくて済むと思っていたのに、大誤算だ。

とりあえず今からでも遅くはない、演技再開だ。

「えっと、そのぉ。私、ジムに来ると人が変わっちゃうもので」

「人が変わるんですか?」

「あ、は、はい！　もともと体育会系なんですぅ。プールに入って泳ぐと人が変わるっていうかぁ」

「真剣になりすぎてしまう、ということですか?」

どこか探るような視線を向けられたが、それをニッコリほほ笑んで受け流す。

「そうなんですよ〜、ですから今の私はいつもの私じゃないんで」

うふふ、と敢(あ)えて甘えて笑ってみた。しかし、相変わらず我ながら似合わない。

心中では、「だーめーだー! 絶対にこんなの私じゃなーい」と叫びまくっている。

けれど目の前に先生がいる以上、なんとしてでも彼の嫌いな女を演じなければ。

ただ、さっきの言い訳ならば、とりあえずジムにいる間は素の自分でいることができるかもしれない。

そのことに、少しだけ気持ちが楽になる。

「じゃ、じゃあ。私はまだ泳ぎますので」

「あ、ちょっと待ってください。遙さん」

ゴーグルをして再び水に潜(もぐ)ろうとした私を、新先生は慌てて引き留めてくる。

一体どうしたのだろうか。小首を傾げていたら、同じレーンに彼が入ってきた。

ギョッと驚いて目を見開いていると、先生はどんどん私に顔を近づけてくる。

ドクンと大きく胸が高鳴って、身体中が熱くなった。

全身を流れる血液が沸騰(ふっとう)したんじゃないかと思うほどだ。

なんとしてでも、先生から逃げなくちゃ。

そう考えているし、頭の中では警鐘が鳴っているのに、どうしてだか金縛りにあったみたいに動くことができない。

先生の澄んだ瞳に見つめられて、ますます私は焦ってしまう。

すると、彼のキレイで長い指が頬に触れた。

ビクッと身体を震わせた私に、先生は穏やかに笑う。その笑みから目が離せずにいる間に、先生の指は私の目尻に移動する。

「んっ！」

「ほら、ジッとしていて」

先生が耳元で囁(ささや)く。

その声は、ゾクッとするほど甘美な痺(しび)れをもたらした。

震えてしまった身体を隠すように、私は両腕で自分の身体を抱きしめる。

なんで、あんなに甘ったるい声を出してしまったんだろう。

先生に触れられたからって、こんな反応をしてたら変に思われるじゃないか。

どうにかごまかせないかと慌てたが、ふと思い出した。

今、私は甘ったるい声を出し、ぶりっこをする女を演じている。

それならこれも演技の一つだと思えばそれでいい。

だけど、身体の火照(ほて)りと甘美な痺れはますます強くなっていく。

もう、我慢の限界だ。思わず叫びそうになったときだった――

「ほら、遙さん。取れましたよ？」

先生がほんわかと優しげな声でそう言った。

「え？」

身を離した先生は、人差し指を私に見せた。

そこには睫が一本だけ、ちょこんと載っている。

呆然としてそれを見つめていると、先生はフフッと軽やかに笑った。

「目の中に入りそうでしたよ」

「……」

「睫って目に入ると痛いですから。取れてよかったですね」

「そ、そ、そうですね」

もう、これ以上は平常心で会話できそうにもない。

私は先生を振り切るようにまくし立てた。

「えっと、その、ありがとうございます。では」

「ちょっと待ってください、遙さん」

私はすぐさまゴーグルをつけて水に潜り、壁をキックする。そしていつも以上のハイペースで泳ぎ始めた。

先生が何か言おうとしていたが、無視だ、無視。

あのまま先生と話し込んでいたら、滝本さんたちに疑われるし、デートの日時まで決定されてしまうだろう。それだけは避けなくては。

もう、こんな偽りの自分を演じることに疲れてきた。この状態で会話を続けていたらぼろが出そうだ。

これ以上、先生と顔を合わせる訳にはいかない。

（スポーツジム、どこか違うところに入会し直そうかなぁ）

クルリとターンを決め、背泳ぎをする。天井を眺めながら、私は小さく息を吐いた。

でも、やっぱりこのジムをやめたくはない。なんだかんだ言っても居心地がいいのだ。

ただ、これからのことを考えるとため息しか出てこない。

（ああ、私はいつまで偽りの姿でいなくちゃいけないのかなぁ）

もう一度ターンを決めて、今度はクロールに変えてみる。

ブレスのときに、チラリと新先生が見えた。

彼もいつの間にか泳ぎ始めたらしく、髪の毛が濡れている。

一瞬しか見えなかったのに、なんだかとてつもない色気が漂っているように感じた。

（や、やだ……）

途端に恥ずかしくなって、泳ぐスピードを上げる。

無心になりたくてプールに泳ぎにきたのに、邪念ばかりだ。

私はふと、あることに気が付く。そういえば先ほどの新先生は眼鏡をしていなかった。

このジムでは、プールに入る際は眼鏡禁止になっている。

先生も泳ぎに来たようなので、眼鏡を外していてもなんらおかしくはない。

（眼鏡外した新先生も、めちゃくちゃ格好よかったかも）

先生は元々容姿が整っている人だ。眼鏡をしていなくても、白衣を着ていなかったとしても格好よいものは格好よいのだろう。

それってなんだかズルイ気がするが、平凡女子のやっかみに聞こえるかもしれない。

気が付けば今日はかなり泳いだ。一度プールから上がって時計を見れば、やはりずいぶん長い間プールにいたようだ。

さすがにこれ以上泳いだら明日の仕事に差し支えてしまう。

周りを見回したところ、滝本さんたちはもう帰ったらしくいない。そのことに少しだけ安堵する。

再び彼女たちに捕まってしまったら、なかなか逃げられないだろう。

私は滝本さんとは恋バナに花を咲かせるのではなく、この前の二時間ドラマについて語りたいのに。

私と滝本さんの共通の趣味はサスペンスドラマ鑑賞だ。

先週の火曜日に放映されていたサスペンスドラマは、なかなか見応えがあった。

これはシリーズ化しそうだなと思ったので、そのことについて大いに盛り上がりたかったのだけど。

これは当分無理かもしれないなぁ、と小さく嘆息した。

シャワーを浴びて身体を拭いたあと、服を着て、メイクをし直し更衣室から出る。

そして受付でロッカーの鍵を返していると、男子更衣室から新先生が出てきた。

彼の姿を見て、私は気を引き締める。

プールサイドで顔を合わせたときはびっくりしすぎて演技することを忘れ、そのせいで言い繕うのに苦労した。

ズルズルと先生のペースに巻き込まれてしまわないよう、今回はしっかりと新先生が苦手とする女性を演じなければ。

私は心の中でこっそりと決意をする。

「遥さん、お疲れ様。長い間泳いでいましたね？」

「えっと、は～い。お疲れ様でしたぁ」

ずっと泳いでいたので、あのあと先生が何をしていたのか、全然知らない。

何をしていたのか聞こうとした私は、それよりもっと気になることを思い出した。

「新先生。眼鏡かけなくても大丈夫なんですかぁ？」

プールに入る場合、眼鏡は着用禁止だ。だから、先生がプールサイドで眼鏡をかけていなかったのは頷ける。

しかし、ここはプールサイドではない。スポーツジムのロビーである。

それなのにどうして眼鏡をかけていないのか。コンタクトレンズをしている可能性も捨てきれないけど。

不思議に思って、ジッと彼の顔を見つめながら近づいたときだった。そこに段差があることをすっかり忘れていた私は、足を踏み外してしまう。

「キャッ！」

「危ない」

咄嗟に先生が腕を掴んでくれたおかげで、転ぶことは免れた。

「ス、スミマセン！」

「いえ、大丈夫でしたか？」

彼が私の顔を覗き込んできた。その瞬間、胸が大きく高鳴る。

さっきなんて自分から近づこうとしていたのに、先生からの接近にドキドキが止まらなくなってしまった。

吸い込まれそうなキレイな瞳。そこには私の真っ赤な顔が映っているのだろう。

やがて先生は「歩きながら話しましょうか」とさりげなく私の背中に手を置いてリー

ドする。

虫も殺さぬような優しい雰囲気を纏(まと)っているのに、時折とても強引な人だ。

スポーツジムを出たところで、先生はスポーツバッグの中から眼鏡を取り出した。

彼がいつもかけている眼鏡だ。

「かけてみてください」

「え？　眼鏡をですか」

そうです、とにっこりと笑って頷く先生を横目に、渡された眼鏡をかけてみる。

私は両目とも視力が二・〇だから、眼鏡は必要ない。度のついた眼鏡をかけると、視界が歪(ゆが)んで気持ち悪くなるからイヤなのだけど……

私は恐る恐る眼鏡をかけ、目を見開いた。

「あれ？」

想像していたものと違う。眼鏡をかける前も、かけたあとも同じ景色だ。

ということはもしかして、この眼鏡は度なしなのだろうか。

眼鏡をかけたまま先生を見上げると、彼は温和な表情で笑った。

「それ、伊達(だて)なんですよ」

やっぱり度なしのようだ。しかし、どうして新先生はわざわざ眼鏡をかけていたのだろう。

所謂ファッションとしてなのだろうか。

不思議に思って小首を傾げると、先生はばつが悪そうに髪をかき上げた。

「もともと視力はいい方なんです。眼鏡をかけなくても生活はできるのですが、職業柄少しでも威厳があるように見せたくてね」

「……それで伊達眼鏡ですか」

眼鏡を外し、彼に手渡した。

確かに、新先生はどちらかというと若く見える方だ。顔の造りだけでなく表情なども優しくてほんわかした雰囲気なので、ますます若く見えるかもしれない。

お医者様は、どっしりと構えていて威厳が溢れている人の方がイメージ的に信頼してもらえそうだ。

特にお年を召した方から見たら、新先生はまだまだひよっ子だろう。

彼らからの信頼を得るためには、外見からのアプローチも必要だということだ。

納得する私の顔を、先生は覗き込んできた。

「そうですよ。安心しましたか？」

「え？」

驚いて目を丸くすると、彼はこちらにより近づいてくる。カッと頬が一気に熱くなり、私は一歩後ずさる。

しかし、先生は私が離れることを許してはくれない。その分私に近づき、ふんわりとしつつも色気のある声を出した。

「眼鏡の男性とは、いい思い出がないんでしょう？」

そう言っていましたよね、と確認するように私をまっすぐに見つめている。

「ないですけど……安心って？」

意味がわからなくてポケッとしていると、先生は凛々しい表情で言った。

「僕は、貴女が警戒する眼鏡男子じゃなくなりました。すなわち、僕に恋しても問題はないってことです」

「えっ！」

確かにその通りではあるが、まさか先生がそんなことを言い出すとは思ってもみなかった。

視線を泳がせる私に、彼はクスッと不敵に口の端を上げる。

「貴女の前では、眼鏡をかけるのはやめようかと思っています」

「えっと、え？」

まさかの宣言に慌てふためいてしまう。私の顔を覗き込んでいた先生は、より近づいて軽くキスをしてきた。

（いやだ、何が起こったのよ）

もう頭の中が真っ白だ。ますます挙動不審になっていたら、彼はフフッと楽しげに笑う。

「眼鏡をかけていると、こうして貴女にキスをするときに邪魔ですしね」

ジワジワと恥ずかしさが込み上げてくる。やっと我に返った私は、先生に抗議した。

「何するんですか、新先生！」

「照れる姿も可愛いですね。もっとキスをしましょうか？」

再び先生が腰を屈め、私に近づいてくる。私は慌てて両手で彼の胸を押す。

もう一度キスされることを、すんでのところで止めることに成功した。だが、顔の火照りは治まらない。

キッと鋭い視線で先生を睨みつける。

「いい加減にしてください！」

「常に甘くてホワホワした女の子らしい遙さんですが、怒るとやっぱり怖いですね」

その言葉に、今回も演技をし忘れたことを思い出し、私は動揺した。

今は、科を作って甘い声を出すことは不可能だ。それなら、さっさと立ち去った方が賢明だろう。

「では、さようなら！」

とにかく先生から逃げなくちゃ。素の自分を出しすぎた。

鼻息荒く踵を返す私に、先生は穏やかな声で言う。
「待ってください、遙さん。お茶でもしていきませんか？」
この状況でお茶なんて飲んでいられますか！
私は勢いよく振り返り、言い切った。
「行きませんから。さようなら！」
背後で忍び笑いの声が聞こえたが、無視だ、無視。
（もう腹が立つ！）
さっき転びそうになったとき、胸がドキドキしたことは絶対に何かの間違いだ。
こんな公衆の面前で堂々とキスをするなんて信じられない。
新先生はここ数年ずっと女性と縁がなかったと言っていたが、絶対に嘘だ。なんか、
すごくキスが慣れていたと思う。
そこまで考えた私は、ハッとした。
（べ、別に……先生のことなんてどうでもいいし！）
なぜか嫉妬めいたものを感じたが、これも何かの間違いだ。
私は恋をしない、特に眼鏡男子とは絶対にしない。
決意を新たにギュッと拳を握りしめる。
色々な感情を打ち消したくて、靴音荒く歩くのだった。

5

（もう、なんで何回もキスするかな!?　それも人目につきそうなところで！）

ジムを離れたところで、恥ずかしさを紛らわせるために心の中で悪態をついた。しかし、すぐに先ほどのキスを思い出して顔を赤らめる。その繰り返しだ。

本当に、新先生の強引さには翻弄され続けている。

美玖さん曰く、穏やかな草食系男子っていう話だったのに、どう見ても草食系とはかけ離れている気がした。

肉食系と言ってもいいんじゃないかと思うほど、先生は私にあれこれとアプローチを仕掛けてくる。話が全然違う。

改めてそう考えると、自分の性格を偽ったことによるストレスもあって叫びたくなったが、ふと美玖さんがセッティングしたプチお見合いでの先生の発言を思い出す。

『一見穏やかな人物に思えたとしても、実のところは違っているかもしれないということを』

あれを、彼は本気で言っていたのかもしれない。

だって初めの印象と今の先生とは、だいぶタイプが違って見えるから。

北風が頬を掠めていく。あまりに冷たくてギュッと目を閉じた。

プールから出たあと、しっかりと温かいお湯でシャワーを浴びたけど、外に出ればすぐに身体が冷えてしまう。

早く家に帰り、温かいお風呂に浸かりたい。身体の芯まで温まったら、先日買った酎ハイを飲もう。ＣＭで見たときから気になっていたお酒だ。

自宅の冷蔵庫の中で、私の帰りを待ちわびてくれているはず。ビールは苦手だけど、酎ハイくらいなら飲めるのだ。

そうと決まれば、さっさとお家に帰ろう。

それにここ最近、ストレスを感じることが多いし、家で羽を伸ばしたかった。

だからこそストレス発散をしにジムへ行ったのに、余計にストレスを抱えてしまったように思う。

ふとすると演技を忘れて素の自分をさらけ出してしまっていることもあって、なおさらだ。

先生はもしかしたら、私が演技をしていることに気が付いているかもしれない。

そんな不安が押し寄せてきたが、頭を振って否定した。

（大丈夫、バレてない……バレていないよ、たぶん）

少々不安は残るが、まぁなんとかなっていると思っていたい。

それにしても、相変わらず頭の中は新先生のことばかり。今日も顔を合わせたせいでリフレッシュどころか、これまで以上に彼について考えるようになってしまった。

こんなことになるなんて知っていたら、絶対にジムには行かなかったのに。

（行かなかった……？）

自分の考えに疑問を抱き、ふと立ち止まった。なんだかんだ言いながらも、今の私はどこか浮き立っていないだろうか。

その思いを払拭したくて、慌てて頭を振った。

再び歩き出した私だったが、別れ道で悩む。

目の前には、まっすぐ伸びる道と、左に折れる道。

まっすぐ進むと、人があまり通らず街灯もない暗い道になる。怖い反面、自宅まで最短距離で帰ることができるはずだ。

左に折れる道を選べば少し遠回りになるが人通りが多く、街灯や店などもあって明るい道である。

そこを通れば怖い思いをしなくてもいい。ただ安全な反面、アップダウンの坂道があるのだ。

今日は後先考えず身体を酷使してしまったので、坂を歩くのは正直辛い。

夜にジムへ行った場合、いつもなら迷わず安全な道を選ぶ。だが、今日はちょっとだけ疲れてしまっていた。

大丈夫だろうと高をくくり、私は最短距離の道を歩き出す。

「やっぱり怖いなぁ……」

すぐに後悔しはじめた私だったが、とにかく帰ろうと歩みを進めた。

すると、ふと違和感を覚える。先ほどから背中に視線を感じるのだ。

立ち止まってゆっくりと来た道を振り返ってみる。しかし、そこには誰もいなかった。

私の気のせいだろうか。

怖いなぁと思っていたから、神経が過敏になっていた可能性もある。

でも、やっぱり誰かにあとをつけられている気がする。

小首を傾げたあと、再び歩き出す。

一瞬、新先生かもしれないと思ったが、すぐにその考えを打ち消した。

先生ならすぐさま私に駆け寄り「心配だから送ります」と言って、優しくほほ笑んでくれるはずだ。

では、後ろからついてきているのは一体誰なのか。

不安が生んだ妄想ならいい。だけど、ジワジワと恐怖感が込み上げてくる。

もしかして痴漢(ちかん)……？　いやいや、自意識過剰かも。でも、やっぱり怖い！

私はトートバッグからスマホを取り出し、誰かにSOSを出そうと考えた。

――新先生！

頭を過ったのは、新先生の優しい笑顔。そして、課長を助けてくれたときに見せた凛々しい表情だ。

こんな場面、いつもなら迷わず弟の武に頼る私なのに、気が付けば新先生に助けを求めていた。

携帯にコールすること三回。早く出てほしいと願っていると、先生は驚いた様子で電話に出てくれた。

『どうしたんですか、遙さん。貴女から電話をかけてくるなんて、珍しいことも――』

話の途中だったが、私は小声で先生に助けを求める。

「先生。私、誰かにあとをつけられているみたいで」

声が震えてしまう。そのことに気が付いたのか、先生は厳しい声で言った。

『近くにお店はありませんか？　民家でもいい。さりげなく入りなさい』

「はい」

『僕もすぐに追いかけます。とにかくどこでもいい。何かありませんか？』

先生に言われた通りにするため、辺りを見回す。確か、近くにお店が一軒だけあったはずだ。

（あった!!）

小さな和食店が見えた。一見さんお断りみたいな雰囲気がして、ちょっぴり入りにくそうだと前々から思っていたお店だ。看板に電気がついているところを見ると、営業中らしい。

「お店があります」

『そこに避難して。今すぐに』

「わかりました」

一人なら絶対に入らない類のお店だ。だけど、先生の言葉に後押しされ、私はその店に飛び込んだ。

「助けてください！」

いらっしゃいませ、という女性の声をかき消すように、私は叫んでいた。

心臓がバクバク鳴っている。近くにあった椅子に手を突き、私は力なく座りこんだ。

「す、すみません……誰かにあとをつけられていて」

まだ恐怖が消えず、ギュッと椅子を握りしめる。

私の話と様子から、ただ事じゃないと思ったのだろう。女性が血相を変えてカウンターから飛び出してきた。

椅子に縋りついて恐怖と戦う私を見て、女性は驚いたように声を上げる。

「あら？　貴女、遥ちゃんじゃない？」

「え？」

その声に聞き覚えがあり、私はゆっくりと顔を上げた。

「あ！　まぁ君のお母さん!?」

私が通っているスポーツジムのプールでは、土日にキッズスイミングをやっている。

そこでよく顔を合わせる「まぁ君」のお母さんだった。

まぁ君と仲良くなって早二年。仲良くしているものの、ジムだけの付き合いだ。

詳しいプロフィールなんかは全然知らなかったし、お互いの苗字だって聞いていなかった。

そのため、この店にまぁ君のお母さんがいるということもわからなかったのだ。顔見知りだとわかり、私はやっと安堵の息を吐き出した。

「ほら、遥ちゃん。とにかく座って」

「ありがとうございます……」

まぁ君のお母さんに促され、椅子に座る。

スマホを握りしめて固まっていた私に、まぁ君のお母さんはお茶とおしぼりを出してくれた。

「お茶でも飲んで。少し落ち着くわよ」

「ありがとうございます」

今はご厚意に甘えてしまおう。出してもらったお茶を一口飲む。温かいほうじ茶は気持ちをちょっとだけ静めてくれた。

そこでようやく我に返り、私は通話状態だったスマホを耳に当てた。

「せ、先生……」

『よかった。無事、逃げることができたんですね。今、遙さんはどこにいるんですか？』

先生の声からも安堵の色が窺える。はい、と小さく返事をしたあと、逃げ込んだ先であるお店の名前を告げた。

『わかりました。すぐに行きますから。そこで待たせてもらってください』

それだけ言うと、電話が切れる。

スマホをバッグにしまうと、カウンター席に座っていたおじいちゃんたちが口々に言い出した。

「不審者か。この近辺で頻繁に出没しているようだぞ？」

「それも若い女性ばかりが狙われているっていう話じゃないか。全くもってけしからん！　女子供を狙うヤツは男の風上にも置けねぇ！」

「怖かっただろう、お嬢ちゃん。無事でよかったなぁ」

自分の孫も私と同じぐらいだから他人事じゃない、とおじいちゃんたちは目をつり上げて怒っている。

まぁ君のお母さんはカウンターの中からその様子を見つつ、心配そうに私の顔を覗き込んできた。

「遙ちゃん、誰か迎えに来てくれそう？　うちの旦那、商工会の寄り合いに出かけているけど、もうすぐ帰ってくると思うから車で家まで送るわよ？」

まぁ君のお母さんが、そう申し出てくれたときだった。お店の引き戸を勢いよく開ける音が響く。

「大丈夫ですか!?　遙さん」

お店の中に息を切らした新先生が飛び込んで来た。

額に汗を浮かべ、ハァハァと呼吸を荒くしている。ジムから黒瀬医院への帰りの途中で走ってきてくれたのだろう。私のために……

急に胸がキュンと切なく高鳴った。その途端、一気に押し寄せてくるのは淡いピンク色の気持ち。

ずっと感じてこなかった……いや、目を逸らしていた恋というヤツにどっぷりと浸かる予感がした。

（どうしよう、好きかもしれない。新先生のこと、好きかもしれない）

いつから、私は彼のことを好きになっていたんだろう。

ふと脳裏を過るのは、初めて新先生に会ったときの記憶だ。

課長が倒れた日、初めて新先生に出会った。

私の腕を掴み、真剣な表情で問いかけてきた彼の表情は今でも忘れられない。

その新先生の目を見たとき、私の胸は大きく高鳴った。

眼鏡男子には近づかない。恋心を抱かない。そんな決意を脆くも崩されかけた瞬間だった。

その後、再会してからことあるごとに先生に会いたくないと渋っていたのは、演技をするのが心苦しいという理由もあったが、何より恋に落ちるのが怖かったのだ。

涙腺が緩くなっていく。素直な自分が顔を出し始めた。

私は恋をしなかったんじゃない。傷つくのが怖くて恋ができなかっただけだ。

今、そのことに気が付いた。

もう、戻れない。恋をしたくなかったのに、恋に落ちてしまった。

私、好きだ。新先生のことが好きだ。

「先生……新先生っ！」

そう思ったら、緊張の糸がプツリと切れた。

その途端に、ポロポロと頬に涙の粒が落ちていく。

泣きじゃくる私を、先生は慌ててギュッと抱きしめてくれた。先生はどちらかと言えば細身だが、こうして抱きしめられると男の人だと強く感じる。

彼の腕の中は広くて、温かくて……男性に抱きしめてもらうことは初めてなのに、恥ずかしさなどは込み上げず、ただ先生の優しさに縋(すが)った。

どれぐらいそうしていたのか。時間にしてみたら、そんなに経っていないかもしれない。

だけど、私の心が回復するには充分な時間だった。

恐怖心がやすらぎへ変化したのはいい。ただ、ふと我に返って、自分がとった行動を思い返すと羞恥心(しゅうちしん)が襲ってくる。

いい歳をして、人目もあるのに子供みたいに泣きじゃくってしまった。それも、男の人に縋りついて泣くだなんて……

その上、新先生のことを好きだと認識してしまった。こんな状態で、この抱擁(ほうよう)は、ドキドキしすぎて心臓に負担がかかりすぎる。

恥ずかしくて穴があったら入りたい。いや、自ら穴を掘って静かに潜(もぐ)っていたい。

慌てて新先生の腕から抜け出そうとしたが、彼はそれを許してくれなかった。

「役得です。もう少しこのまま」

「な、な、何を言っているんですか？　先生！　お客さんたちが見ています」

「いいじゃないですか。見ていただければ。祝福してくださると思いますよ？」

「祝福って……？」

不審者に追われて怖い思いをしたというのに、この状況で何を祝福するというのだろうか。

眉を顰(ひそ)めると、先生は楽しげに笑った。

「それはもちろん。遙さんがこうして僕に心を許してくれたことをです。つまり、僕の思いが届いたという証拠なのですから」

「なっ！」

祝福されて当然でしょ？と付け加え、目をキラキラと輝かせる先生を直視できない。

頼むからこんなに近い距離で見つめないで。ドキドキが止まらなくなる。

だからこそ、私は悪態をついてしまうのだ。

「先生の嘘つき」

「嘘つき？」

眉根を寄せる先生に、私は照れ隠しの気持ちもあってツンと澄まし顔で言う。

「新先生の女性の趣味、私と真逆ですよね？」

先生のタイプは、元気いっぱいでハキハキしていて自分の考えを持っている人のはず。

取り繕(つくろ)うみたいに畳(たた)みかける私に、彼も負けてはいない。

「僕は言ったはずですよ、遙さん。好きになった人が好みになり得るって」

「っ！」

絶句する私に、先生は不敵な笑みを浮かべた。

（それじゃあ何ですか、新先生。私がどんなに女子を前面に押し出して甘えた声で演技をしても無駄ってことでしょうか）

愕然としていると、カウンターから私たちをずっと見ていたまぁ君のお母さんが呆れ顔で言う。

「ねぇ、新。貴方、遥ちゃんと付き合っているの？」

「え!?」

「え？」

先生と声がシンクロしてしまった。そして、お互い顔を見合わせて目を見開く。

私は、まぁ君のお母さんがどうして新先生のことを知っているのかと不思議だった。

一方、彼は、私とまぁ君のお母さんが知り合いだということに驚いているようだ。

まだ状況を掴み切れていない私をしばらく見つめ、新先生はまぁ君のお母さんに笑いかけた。

「そうなりたいと思って口説いている最中ですよ」

「え!?　それは本当なの？　貴方、全然女の子と付き合おうとしないから、お母さんたちがかなり心配していたのよ」

「そうらしいね。美玖が躍起になっていたし」

「ああ、美玖ちゃん。先月にあった法事のとき、うちの両親に〝誰か紹介してやってくれ〟ってせっつかれていたから」

美玖さんまで知っているという、まぁ君のお母さん。一体、どういうことなのだろう。ジッと見つめていると、彼女はフフッと楽しげに笑う。その表情は新先生にそっくりだ。

驚いて目を見開く私に、まぁ君のお母さんが目尻を下げる。

「改めまして。私、菊川雅美といいます。いつも息子の昌明と、弟の新がお世話になっています。雅美って呼んでくれると嬉しいわぁ」

「まぁ君のお母さん……。雅美さんは新先生のお姉さんだったんですね？」

つい二人を見比べてしまう。確かに雰囲気が似ている。

世間は狭い、と思っていると、隣にいる新先生が怪訝そうに眉を顰めた。

「で？　どうして姉さんは遙さんのことを知っているんですか？」

「遙ちゃんは、うちのまぁ君の将来のお嫁さんなのよ。まぁ君が遙ちゃんと絶対に結婚する宣言をしているわ」

「はぁ!?」

一際大きな声で叫ぶ新先生に、私は驚きのあまり身体をびくつかせ、雅美さんは肩を震わせて笑った。

「新が使っているスポーツジム、キッズスイミングがあるでしょ？　あそこにまぁ君が通っているって話したことあるわよね？」

「あ、ああ……」

一瞬考えこんだ先生だったが、すぐに思い出したのだろう。大きく頷いた。

「で、そのスイミング教室、遥ちゃんが通っている時間と同じ時間帯なのよね」

雅美さんが同意を求めてきたので、私は慌てて頷く。

「はい。それで、よく顔を合わせるようになって」

「うちのまぁ君と遥ちゃんが仲良しになったって訳。ただ、ジムだけの付き合いだったからプライベートのことは全然知らなかったのよ。お互いのフルネームだって知らなかったぐらいだしね」

私はそれに、再び頷きながら同意する。

私と雅美さんの関係がわかった先生は、興味深そうに「なるほど」と呟いている。

そうこうしているうちに、雅美さんの旦那様である菊川さんが商工会の寄り合いから戻ってきた。

挨拶(あいさつ)を交わし、先ほど不審者に追われてお店に逃げ込んだと話すと、菊川さんは眉を曇(くも)らせる。

「最近この辺りに出没する不審者のことは、商工会の寄り合いでも問題になっていたんだ。警察も巡回してくれているらしいが、警備にも限界があると言っていたよ」

その話を聞いた雅美さんと新先生は、必死の形相で私に詰め寄った。

「遙ちゃん、絶対に夜道を一人で歩いちゃダメ！」

「姉さんの言う通りです。これからジムの帰りは絶対に一人にならないでください。あと、行くならば明るい時間帯だけにしてください」

「そ、そう言われましても……」

休日はともかく、平日にジムへ行くのはいつも仕事帰りだ。汗を流し、家路に着く頃にはとっぷりと日が暮れている。

明るいうちしかジムに行ってはいけないと言われてしまったら、必然的に平日に行くことは無理になる。

「他の道を通れば問題ないですよね？　ほら、遠回りになっちゃうけど表通りなら街灯の明かりもありますし、人通りも多いですよ」

なんとかお許しを得ようとしたのだが、目の前の二人は難色を示す。

チラリと店の中を見回すと、菊川さん、そしてカウンターに座っていたおじいちゃんたちも心配そうな顔をしている。どうやら味方は誰一人としていないらしい。

肩を落とす私に、先生は真剣な顔をして口を開く。

「遥さん。これからジムの帰りは一人にならないと約束してください。仕事さえ終わっていれば僕が自宅までお送りしますから」

「とんでもないです！　そこまでしていただく訳にはいきません。それならジムに行くのをやめます！」

先生がそんな申し出をしてくるなんて思わなかった私は、大いに慌てた。

しかし、彼は真剣な顔のまま私の顔を覗き込んでくる。

「泳ぐことが好きな遥さんはジムに行くことを諦められないでしょう？　となれば、僕に黙ってジムに行き、夜道を一人で帰るつもりでいる」

「ぐっ」

違いますか？　と挑発するように言われて言葉をなくす。

グゲッとよりこちらに近づいた新先生は、口角をクイッと上げる。

読まれている。私は、引き攣った笑みを浮かべた。

「キチンと約束してくださらないのなら、どうなっても知りませんよ？」

「知りませんって……何をするつもりですか？」

「さぁ？」

「さぁ？　って……」

先生の表情は朗らかだ。しかし、口にしている言葉と目は怖い。怖すぎる。

後ずさりをする私に、彼はもう一度聞いてきた。

「で？　どうするんですか。遙さん」

「っ！」

「僕との約束。守ってくれますよね？」

声色まで怖すぎる。私はコクコクと何度も頷いた。そこで、やっと先生は私から離れてくれる。

だが、続いた言葉に背筋が凍る思いがした。

「遙さんのように、おっとりしていて女の子らしい女性は、痴漢の思うツボですからね」

「あっ！」

「ね、遙さん」

そう言って私の目を見てほほ笑む先生に、「えっと、そうですよね～。気をつけますぅ」と、今さらながら甘ったるい声を出す。

（マズイ、マズイ、マズイ!!　すっかり演技をすることを忘れていた！）

顔を引き攣らせつつ、心の中で誓う。

当分はジムには行かない。行くとしても土曜日の午前だけ。

黒瀬医院は土曜の午前は診察があったはずだ。そのタイミングでジムへ行けば、新先生に会うことはないだろう。

　もちろん本当は会いたい。ジムの帰りに送ってくれるなんて、嬉しすぎて舞い上がってしまうかもしれない。

　だけど、今の私では先生に会うことはできない。だって私は、自分の本当の姿を偽っているのだから。

　ツクンと胸の奥が痛むのを笑ってごまかしたあと、菊川夫妻に頭を下げた。

「お騒がせしてすみませんでした」

「何を言っているのよ、遙ちゃん。うちを頼りにしてくれて嬉しかったわ。もし、何かあったら迷わずうちにいらっしゃいね」

　雅美さんの隣で、旦那様の菊川さんも大きく頷く。

　ありがとうございます、ともう一度礼を言ったあと、スマホを取り出す。

　すると、雅美さんが怪訝(けげん)な顔をした。

「どうしたの、遙ちゃん」

「えっと、弟に電話をしようかと思いまして」

　さすがに不審者のことがあるので、一人で帰るのは心細い。この時間なら武は家にいるだろう。電話で呼び出せば来てくれるはず。

　早速電話をしようとする私の手首を、新先生が掴んだ。

驚いてそちらを見ると、彼は小首を傾げる。

「どうして弟さんに電話を？」

「えっと……迎えに来てもらおうかと」

別段変な内容を言った覚えはない。なのに、先生の目は笑っていなかった。

悪いことなどしていないのに、なぜか後ろめたい気持ちになる。

私も薄ら笑いを浮かべてみるが、うまく笑えている自信はない。そして目の前の新先生は笑顔なのに、不機嫌なオーラを纏っている。

膠着状態の私たちに、雅美さんは苦笑交じりで言った。

「新。遙ちゃんを送っていくつもりなんでしょう？」

「ええ」

ほほ笑んで返事をする新先生に、私は慌てて首を横に振る。

「とんでもないです。ここまで呼びつけてしまっただけでも申し訳ないのに。大丈夫です、弟に迎えに来てもらいますから」

スマホを再び操作しようとしたのだが、新先生に取り上げられてしまった。

「あ、新先生!?」

「これは遙さんのご自宅に着くまでは没収です」

「何でですか!?」

私のスマホは、新先生のジャケットのポケットにしまわれる。あ然と見つめていると、今度は私の手を握ってきた。さすがにこれには目を見開く。

「ちょ、ちょっと！　新先生？」

慌てふためく私をよそに、新先生は「姉さん、義兄さん。助かったよ」と爽やかに言うと、店の引き戸を開けた。

そのまま外に向かおうとする彼に引っ張られ、私は慌てて菊川さんご夫妻に頭を下げる。

「ありがとうございました！」

「いいえ。不審者も危険だけど、うちの弟も一直線で危ないヤツだから気をつけてね、遙ちゃん」

「っ！」

言葉をなくす私に、雅美さんはヒラヒラと手を振る。助けてくれる気はなさそうだ。

笑顔で見送られた私は、新先生と手を繋いだまま歩くことになってしまった。

何度も「離してください」と言うのに、新先生はニッコリとほほ笑むだけで繋いだ手を離そうとはしない。

恥ずかしくてどうにかなりそうだから、勘弁してもらいたい。

「ですから！　手を離してくださいって言っているでしょう!?」

改めて大きな声で抗議したのだが、新先生は有無を言わせないと言わんばかりに、笑顔で拒否してくる。

そんな先生に対して私がハァーと大きくため息をつくと、先生はクスクスと楽しげに肩を揺らした。

「本当、遙さんは見ていて飽きませんね」

「え？」

「可愛らしい態度と声で接してきたかと思えば、今みたいに威勢のいい啖呵を切るなんて」

「あっ!!」

「見ていて楽しいですよ」

フフッと笑う新先生を見て、困って口ごもる。

ヤバイ、これは絶対にヤバイ。どうにかしてごまかさなくては。

私は、慌てて甘えた声を出して取り繕う。

「えっと、そのぉ……身体を動かしたあととかは興奮しちゃってぇ。いつもの私じゃなくなっちゃうんですよぉ。それに今日は怖いこともあったし、神経が過敏になってるのかもぉ」

いやだぁ～と、甘えながら新先生を見上げる。すると、彼は優しげな瞳で私を見つめていた。

ドキッとするほどキレイな笑みに、私は固まってしまう。

身体中が熱くて、どうにかなりそうだ。

先生と手を繋いでいたら、私の体温が急に高くなったことがバレそう。

どうしたらいいのかわからず、俯いて視線を逸らすしかできない。

「遙さん」

「せ、先生……っ」

今、私の視界に映っているのは、私の靴と先生の靴だけ。

ギュッと私の頭を抱きしめてきた先生は、耳元で囁いた。

「よかった。元気になって」

「新先生？」

問いかけたが返事はない。ただ、先生の胸の鼓動を感じる。

ふんわりと私を包み込む香りは、彼がつけているコロンだろうか。

先生の腕の中にいると、怖かったことが嘘みたいに消えていく。

だけど、ホッと息をつく間もなく、どうしようもないほど自分の鼓動が速くなった。

私が先生の鼓動を感じているように、先生も私の鼓動を感じているのだろうか。

恋心が伝わってしまうかもしれないと思うと、ますますドキドキしてしまう。

どうしたらいいのかわからない。偽りの姿のままでいるのか、好きだという気持ちをさらけ出すのか。今、すぐに決めることはできなかった。

それなのに、私は無意識で先生に手を伸ばし——そのときだった。

「おい、アンタ。うちの姉さんに何してんだよ？」

ハッとして先生から離れて声の方を見ると、弟の武がすごい形相で立っていた。

ドキドキしたり、焦ったりしている間に、気が付けば自宅付近まで来ていたようだ。

武はツカツカと足早に私たちに近づき、先生を睨みつける。

先生に掴みかかりそうな勢いの武を見て、私は慌てて弁明した。

「待って、武。先生は私を宥めてくれていただけなの！　さっき不審者にあとを付けられて——」

事情を説明する途中だったのに、武は私の両肩を掴んだ。

「不審者って……!!　だから夜道を一人で歩くなって言っただろう！」

「ゴメンってば。えっと。それで、一人で帰るのは危ないからって新先生が送ってくださったのよ。ほ、ほら！　駅前に病院があるでしょ？　そこの院長先生よ」

「ああ、黒瀬医院の先生か……」

武が怪訝そうな表情で呟くと、新先生はほほ笑んだ。

「はい、黒瀬新といいます」

「姉がお世話になりました。ここからは私がいますので、大丈夫です」

威圧的な態度をとる武を注意しようとしたが、それを制するように新先生が首を横に振る。

そして、ジャケットの中から私のスマホを取り出して返してくれた。

「ご家族がお見えになったのなら、僕はこれで失礼します」

「あ、あの！　ありがとうございました」

頭を下げる私に、新先生は小さく首を横に振ってほほ笑んだ。

「え？」

私の横を通り過ぎるときに、彼はそっと囁（ささや）いた。

――僕との約束。守ってくださいね。

それだけ言うと、先生は来た道を戻っていく。

ドキドキしすぎて壊れてしまいそうな胸の辺りをギュッと掴んだまま、私は新先生が見えなくなるまで立ち尽くしたのだった。

6

(あ〜、身体がなまってる気がする。ストレス発散したい！)

金曜日の夜。仕事終わりの私は、帰り支度を済ませたあと会社のロビーにあるソファーに座った。

明日は仕事が休みということで、これから美玖さんと食事に行く予定だからだ。

待ち合わせ時間より早く到着した私は、座ったまま凝り固まっている身体をほぐすようにグッグッと手を上げて伸ばす。

あの騒動から五日が経った。

不審者にあとをつけられた夜以降、スポーツジムには行っていない。

しかし、明日は待ち望んでいた土曜日。午前中からスポーツジムに行くつもりだ。

もう少しの辛抱だと自分に言い聞かせ、ため息をつく。

別に平日の夜にジムへ出かけてもいいのだ。ただ、そうなると新先生に連絡して、送ってもらわなければならなくなる。

でも、彼のお仕事が大変忙しいことはわかっているので、手間をかけさせたくない。

かと言って、先生に内緒でジムへ行って一人で帰ったことがバレたら、どんな事態になるのか。想像するだけでも恐ろしい。

そもそも、バレない訳がないのだ。

新先生は滝本さんたちを味方につけている。それに、受付スタッフにも声をかけて協力を仰いでいる可能性も否定できない。

密告者は、たくさんいると考えた方がいいだろう。となれば、こっそりとジムに行く訳にもいかなかった。

また、我が家にはもう一人、厄介なお目付役がいる。武だ。

あの夜以降、武はかなり機嫌が悪い。

私の顔を見るたび「夜道を一人で絶対に歩くな」と言い、〆に「姉さんのことは俺が面倒見るから」と、今までとは正反対のことを主張するのだ。

あれだけ「嫁に行け」とか、「彼氏はいないのか」だとかうるさかったのに、今度は必要以上に過保護になってしまった。

不審者にあとをつけられるなんて怖い出来事があったばかりだ。姉思いの武は心配で仕方がないのだろう。

ちなみに、私がジムに行けない理由はもう一つある。

新先生に会いたくないからだ。

いや、そう言うと語弊がある。本当は会いたい。とっても会いたい。だけど、会う訳にはいかなかった。

新先生への恋心に気付いてしまった今、私は彼の前で平常心を保つことができるだろうか。

いや、できない。絶対にできない。断言できる。

だからこそ戸惑っていた。好きだと認識して、どうしたらいいのかわからない、それが本音だ。

新先生に会いたくない理由はさらにある。それはずっと彼に偽りの姿を見せていたということだ。

当初、とにかく新先生の方から断りを入れてほしくて、先生の好みのタイプとは真逆の女性を演じ続けていた。

途中、何度も挫折しかけたが、なんとか本当の自分を隠し続けていると思う。

そんな私に先生は、「たとえ苦手なタイプでも好きになることだってある」と言ってアプローチしてきたのだから、驚いたなんてもんじゃない。

内心、すごく嬉しかった。だけど、もしかしたら新先生は甘ったるい声を出し、科を作るような女性が好きになってしまったということかもしれない。そうなると、今度は本来の私が先生の好みとはかけ離れる。

可愛い子ぶりっこをし続けた私は、いまさら本当の姿をさらす勇気が持てない。

嘘つきだと思われて嫌われる可能性だってあるのだ。

そんな危険をおかしてまで、本当の自分を新先生に見せるのは無理である。

だからと言って、先生のタイプとは真逆の人物を演じ続けることはできない。となれば、彼と会うことを避けるべき。だけど……

(ああー、もう！　答えが出ない)

堂々巡りで、頭が痛くなってくる。

要するに、本来の自分をさらすという一か八かの賭けに出る覚悟をしない限り、新先生に会うことはできない。そういうことだ。

一人唸りながら悩んでいると、肩をポンと叩かれる。

驚いて顔を上げると、不思議そうな顔をしている美玖さんがいた。

「お待たせ、遥。どうしたのよ、どんよりして。なんか負のオーラを感じるわ」

「負のオーラ……確かに背負っている気がする」

「遥？」

念仏を唱えるようにブツブツと言う私に一瞬怪訝な顔をした美玖さんだったが、すぐに笑顔になって外を指差す。

「さぁ、行こう。お腹減っちゃったわ」

美玖さんに連れて行かれた先は、オーダー式バイキングで飲茶（ヤムチャ）が楽しめる中華料理店だった。

値段はリーズナブルで、お客の層もどちらかといえば若い人が多く居心地がいい。

あれこれと注文したあと、美玖さんはニンマリと笑った。

「ちょっと、遙。新くんから猛烈アプローチされているんだって？」

「……それは誰からの情報ですか？」

「新くんのお姉さん、雅美さん情報よ。色々話は聞いたけど、世間ってヤツは本当に狭いわね。遙と雅美さんとこのまぁ君が知り合いだったなんて」

そのことについては、私も同意見だ。うんうん、と頷いていると注文していた海鮮シューマイがテーブルに届いた。それをポイッと口に放り込む。

貝柱の風味がたまらない一品だ。熱々のシューマイをハフハフしながら食べていると、美玖さんは心配そうに私の顔を覗き込んできた。

「その後、不審者に遭遇していない？　大丈夫？」

「はい。不審者が出た道を歩かないようにしてますから、大丈夫ですよ」

ニッと笑って返事をすると、美玖さんは安心したように息を吐き出した。

気をつけなさいよ、という優しい言葉に、私は小さく頷く。

「で？　その後、進展は？」

「進展って？」

「何よ、遙。まだ男と付き合いたくないの～、なんて渋っている訳じゃないんでしょう？」

実はもっと違うことで悩んでいます、なんて美玖さんには言えない。

言ったが最後、強引にでも新先生と引き合わせようと画策するに決まっているのだ。

私は話題を変えるため、気になっていたことを美玖さんに聞くことにした。

「美玖さん。新先生はなんで今まで女っ気がなかったんですか？　スポーツジムでも注目の的だったし、女性と接触する機会はいくらでもあると思うのに。どうしてなのかなぁって」

疑問をぶつけると、美玖さんは肩を竦めて苦笑した。

「ああ。新くんね、女はこりごりなのよ」

「こりごり？」

新先生も私と同様に過去の恋愛でトラウマがあるのだろうか。

確かにあれだけステキな男性だ。女性が放っておくはずがない。

納得した私に、美玖さんはフゥと小さく息を吐き出すと、新先生が恋愛から距離を置き出した理由を話してくれた。

なんでも研修医時代に先輩看護師たちがこぞって新先生を誘惑してきたせいで、辟易(へきえき)

してしまったのだという。

看護師のみならず女医からも迫られていたようで、かなり困惑していたらしい。

それもそうだろう。仕事を教えてもらうはずの先輩から、男と女の関係になりたいと言われたら、断るにしてもなかなか大変なものがあるはず。

角が立つことを恐れた先生は、迫ってくる女性たちをやんわりとかわしていたが、ついには看護師や女医たちの喧嘩に発展してしまったのだとか。

想像しただけでも神経がすり切れそうだ。恐ろしい。

「新くんに迫ってきた女たちって、男の前ではすっごく優しくて愛嬌のある女の子ばかりだったらしいのよ。だけど、男がいない場ではガラリと雰囲気が変わって怖かったんだって」

女性の常套手段よねぇ、と美玖さんは先ほど運ばれてきた熱々の小籠包を頬張った。

美味しいわよ、食べて！　と笑顔の彼女に、私はかすかにほほ笑むことしかできない。

「で、女って本当に恐ろしいという結論にたどり着いたって訳。だけど、もし自分がもう一度恋愛するなら、しっかりと自分を持っていて、裏表がない元気な子がいいなぁって言ってたわ」

「……」

その言葉に、何も言えなくなる。

だって私は、新先生が嫌う女性の代名詞みたいなことをしてしまっている。

いきなり私の本性を現したとしても、裏表のある子だったんだと思われるだけ。

それでは、ますます彼との距離が広がってしまう。

ああ、やっぱり新先生に会うことはできない。もう、顔向けできない。

これで私の恋は終わった……

胸にズクズクとした痛みを感じていると、美玖さんはもう一つ小籠包に手を伸ばしながら言う。

「それでね。新くんは、うちのおじいちゃんの後を継いで黒瀬医院の院長をやっているでしょう？」

「はい……」

「出会いが全くと言っていいほどないようなのよねぇ。スタッフさんたちは皆、おじいちゃんの代からいる既婚者ばかりだって言うし。こんな事情もあって、新くんはすでに諦めの境地にいたのよ。新くんのお父さんたちが心配するのも仕方がないわよねぇ」

美玖さんは二個目の小籠包をレンゲに載せたあと、私の顔をジッと見つめてきた。

「そんな新くんだからこそ、遥と気が合うんじゃないかなぁと思った訳よ」

「え？」

切れ長の目を細めてこちらを見つめる美玖さんは、とても優しげだ。

「二人とも、異性に対して悪いイメージが植え付けられているでしょう？　どちらも異性に裏切られたようなものだし」

「美玖さん……」

「そんな二人だからこそ、お互いの傷の痛みをわかり合えるんじゃないかなぁって思うの。それに、遙は新くんみたいな眼鏡男子で優しく自分を守ってくれる人が好みだし、新くんは遙みたいに裏表がなくて自分をしっかり持っている人が好き。ほら、結ばれるべくして出会った二人なのよ」

「……」

黙りこくる私に、美玖さんは困ったように肩を竦める。

「もう、ネタばらししてもいいんじゃない？」

「え？」

驚きに目を丸くした私を見て、美玖さんの口元に笑みが浮かぶ。

「最初は新くんに嫌われたくて、わざと新くんが嫌いな女を演じていたでしょう？　でも、今はそんなの必要ない」

「美玖さん」

「遙は、新くんのことが好きなんでしょう？　ここはもう、覚悟を決めて本当のことを話した方がいいと思うな」

美玖さんの言う通りだ。なのに、その覚悟がどうしてもできなかった。

ジメジメしているのは性に合わない。だけど、いざ恋愛となると臆病になるものらしい。

恋は人を変える。まさに、今の私のことだ。

新先生は試しに付き合ってみませんか、と言ってくれた。だけど、本当のことを話したらその提案を白紙に戻したくなるだろう。

深くため息をつく私に、美玖さんまで大きくため息をついた。

「どうして美玖さんがため息をつくんですか?」

「つきたくもなるわよ」

意味がわからず眉を顰めると、美玖さんはもう一度大きくため息をつく。そして呆れたように、小声で何かを言った。

「もうバレていると思うけど」

「え?　何か言いましたか」

うまく聞き取れずに聞き返したが、美玖さんは首を横に振る。

「いーえ、何にも。遙の鈍感って言ったの」

それ以上はどう聞いても答えてはくれず、笑ってごまかされてしまった。

＊＊＊＊

「あれ……ない？」

土曜日の昼下がり。スポーツジムから帰宅した私は、スマホがないことに今さらながらに気が付いた。

慌ててトートバッグをひっくり返して探したが、やっぱり見つからない。

どこに置いてきてしまったのか。昨夜から順に思い出す。

昨夜は美玖さんと飲茶を食べてきた。そこで新先生の過去を聞き、私がやってしまった行為は非常にまずかったということを改めて認識したのだ。そして、ますます彼とは会えないという結論にたどり着いた。

その後、帰ってきてから美玖さんに「家に着きましたよ」とメールをしたので、店にスマホを忘れた訳じゃなさそうだ。

そして今朝、私は念願だったスポーツジムに行くべく、スポーツバッグにタオルやら水着やらを詰め込んだ。そのときにスマホを入れた覚えはある。

しかし、以降の記憶が曖昧だ。

スポーツジムからの帰り道にスマホを弄った記憶はない。それにスポーツバッグは一度も開いていないはずだ。となれば、ジムに置き忘れたという線が濃厚である。

私は自宅の電話でスポーツジムに電話をかけてみることにした。

数回のコールのあと、『春ヶ山スポーツジムです』と聞き覚えのある声のスタッフが電話に出る。

「私、渋谷と言いますが」

『あ、渋谷さんですか。電話お待ちしておりました！』

ホッとした様子のスタッフに、私は苦笑いを浮かべた。

「やっぱり。私、ジムにスマホを置き忘れていたんですね」

『ええ。ロッカーに置き忘れていましたよ。すぐにスタッフが気付きまして、こちらで預からせていただいております』

予想はしていたが、違う場所に落としてしまっていたらどうしようと不安だったので、ホッと胸を撫で下ろす。

『これからお見えになりますか、渋谷さん』

「えっと……」

時計を確認する。今は十四時だ。陽はまだ高いので、ジムへ行って自宅に戻ってきたとしても明るいうちに帰ってくることができるだろう。

しかし、一つ問題がある。新先生のことだ。

今、後ろめたくて彼とは顔を合わせることができない。となれば、新先生がジムに来ないであろう時間帯を狙って行く必要がある。

土曜の午前中のみ、黒瀬医院は診察をしている。

だからこそ土曜日の午前中を狙ってジムへ行ったのに、もし今からスマホをジムに取りに行ったら新先生にバッタリ出くわしてしまう可能性が高い。

だけど、スマホが手元にないのはやっぱり辛かった。となれば、ジムへ再び出向き、スマホを取りに行くべきだろう。

細心の注意を払えば、新先生に会うことはないかもしれない。万が一、先生と鉢合わせしたら、とにかく今まで通り偽りの自分でやり過ごそう。

今さら本当の自分をさらけ出すことは不可能だ。

「えっと、今から行きます」

覚悟を決めてジムの受付スタッフに言うと、『お待ちしております』と明るい声が返ってきた。

こうしてはいられない。時間が過ぎれば過ぎるほど、仕事を終えた新先生と鉢合う可能性が高くなってくる。

トートバッグを引っ掴み、私は足早にスポーツジムに向かった。

ジムの入り口付近の茂みに隠れ、私は辺り一面を見回す。キョロキョロと注意深く視線を送る様は、きっと不審者に近いものがあるだろう。

（よし、とりあえず新先生はいないわね！）

ササッと茂みから飛び出し、私はジムの自動ドアの前に立つ。

ゆっくりと開くドアに少々苛つきながらも、私はロビーも見回す。そこにも新先生の姿はなくて、心底ホッとした。

慌てて受付まで行くと、私の姿を見たスタッフがニッコリとほほ笑んだ。

「渋谷さん、こんにちは。スマホ、お預かりしていますよ」

「本当にスミマセン。お手数をおかけいたしました」

スタッフからスマホを渡してもらって詫びを入れていたところ、「遙ちゃんだ～」という子供の声がした。

振り返ると、そこにはキッズスイミング教室のカバンを背負い、ニコニコ顔で私を見上げているまぁ君がいる。菊川昌明くん――雅美さんの息子で、新先生の甥っ子だ。

そういえば、まぁ君は土曜日のコースに通っているんだった。

久しぶりに会ったので嬉しくて、私は腰を屈めてまぁくんの顔を覗き込んだ。

「久しぶりだね、まぁ君。元気にしてた？」

「うん、元気だよ！　ここのところ全然遙ちゃんに会えなくて寂しかった」

可愛い顔のまぁ君にキラキラした目で見つめられたら、ギュッって抱きしめたくなる。まぁ君は絶対に年上キラーになるはず。だって、すでに私がノックアウト気味だもの。

手を伸ばして抱きしめようとしたところ、誰かがまぁ君の肩を掴んで私から離した。

え？　と目を見開いて驚いていると、頭上から声が聞こえた。

「遥さん、僕も会いたかったですよ」

「っ！」

この声には聞き覚えがある。だからこそ顔を上げることができない。

視線を泳がせていると、少し離れた場所で雅美さんが苦笑しているのが見えた。

何事もなかったように雅美さんに近づこうとしたのだが、背後から抱きしめられ、阻止されてしまう。

「えっとぉ、離してもらえませんかぁ。新先生」

「嬉しいですね。声を聞いただけで僕だってわかったんですか？」

愛ですね、と笑う先生を振り払った。ササッと雅美さんの陰に隠れると、彼は困った顔で苦笑する。

「あのぉ、新先生？　私、忙しくてぇ。もう帰りますね～」

「それなら僕がご自宅まで送りますよ」

「そんなぁ～、いいですぅ。先生にこれ以上ご迷惑はおかけできませんしぃ」

うふふ、と甘ったるく笑ってみるものの、先生はニコニコするだけだ。

どうやって収拾をつけようか。考えを巡らせるが妙案は浮かばない。

そんな私たちの微妙な関係など知らないまぁ君は、天使のような笑みを浮かべて新先生の足にくっついた。

「ねぇねぇ、新くん。遙ちゃんのこと、知っているの？」

「ん？　知っているよ。僕はね、遙ちゃんともっと仲良しになりたいと思っているんだ」

新先生は大きな手で、まぁ君の頭をゆっくりと撫でている。

まぁ君は、新先生にかなり懐いているのだろう。可愛い笑みで、自慢げに胸を反らした。

「じゃあ、教えてあげる！　遙ちゃんはね、すっごく優しくて可愛いんだよ」

「うんうん、僕も知っているよ」

「えー、それじゃあ……そうだ、遙ちゃんはね。元気いっぱいだし、泳ぐのも速いんだ。あとね、怒ると怖いんだよ」

「それは、お前が何か悪いことをしたんじゃないのか？」

「うん。この前ロビーを走っていたら、すごく叱られたの。人とぶつかったら怪我しちゃうからって。でも、ごめんなさいってちゃんと謝ったら、ギュッってしてキチンとゴメンねできたねって褒めてくれたんだよ！」

誇らしげに言うまぁ君はとっても可愛い。もっとまぁ君とお話ししていたいけど、今はとにかく先生から逃げなければ。

雅美さんの陰に隠れたまま、ジリジリと逃げようとする私に気付き、まぁ君は不思議そうに首を傾げた。

「遙ちゃん、今日はどうしたの?」

「へ?」

驚いて動きを止めた私を、澄んだ目をしたまぁ君がじっと見つめている。

「いつもみたいに元気いっぱいに僕とお話ししてくれないし、なんか話し方が違う」

「えっ!」

「いつもの遙ちゃんは、あんな変な話し方しないよ? もっと格好いいし、可愛いもん」

可愛いと連発してくれるまぁ君に思わず照れてしまうが、今はそれどころではない。

バレた……。ついに、新先生に私の本当の姿がバレてしまった。

子供は正直だ。新先生も、それは知っていることだろう。

甘ったるく媚びる私を見て、まぁ君は「いつもと違う」と断言してしまった。

となれば、私が演技をしていたということに新先生は気が付いたはず。

(どうしよう……!!)

考えるよりも先に、私の身体は動いていた。

「遙さん、待ちなさい！」
新先生が制止する声が聞こえたが、それを振り切ってジムを飛び出す。
無我夢中で走った。もう頭の中はゴチャゴチャだ。
先生に、偽りの姿を見せていたことがバレてしまった。
男性の前になると甘えて、男性の目がないときには本性を現す。新先生が一番嫌って
いる女性のタイプだ。
どうしよう、どうしよう。先ほどから、そればかりが脳裏を駆け巡る。
ふと気が付くと、二つに分かれたY字路にやってきていた。
まっすぐに進めば、最短距離で家まで帰ることができる。しかし、この前、不審者に
あとをつけられて怖い思いをした道だ。
もう片方の道を選べば人通りがあり、店がいくつもある商店街に続く。でも、そこを
通るとなるとアップダウンの坂があり、何より家までの距離が倍以上になる。
『ジムの帰りは絶対に一人にならないでください』
不審者事件があったときに、新先生に言われた言葉だ。
だけど、今はまだ明るい。
人通りがないとはいえ、この明るさなら大丈夫なはず。
少し不安だったが、今はとりあえず家に早く帰りたい。

ぐずぐずしていると、先生が追いかけてくるかもしれないのだ。

（ああ、私の恋は終わったな……）

何年かぶりの恋。それが先ほど、一瞬にして終わってしまった。

ずっと、先生を騙し続けていたバチが当たったのだろう。

悔やんでも悔やみきれないが、いずれはバレることだったのだ。

諦めるしかないと呟いた瞬間、先生のほんわかとした笑顔が脳裏を掠めた。

（やだ……諦めたくない。諦めたくないよ！）

後悔、先に立たず。だけど、心の中にはまだ未練が残っている。

涙で滲む目を強く擦る。だけど、何度擦ってもジワジワと涙が零れてしまい切りがない。

しかし、今は逃げるしかできなかった。恋からも、自分の気持ちからも、そして新先生からも。

私はまっすぐの道を選択し、木々が鬱蒼としている道を早足で歩いていく。

菊川さんが営む和食店を通り過ぎた辺りから、誰かが私のあとをついてくるのに気が付いた。

カサカサとウィンドブレイカーのような、ナイロン素材の服が擦れる音が聞こえる。

どうやら、私の後方に誰かがいるらしい。

この前と同様、一定距離を保ってついてきているように感じる。

その音以外は何も聞こえないということは、後ろにいるのは一人だけだということ。

もしかしたら、以前私のあとをつけていた不審者かもしれない。そう思うと、私の恐怖心はどんどん大きくなっていく。

後ろにいる人物が、ただの通りすがりや、ジョギングをしている人なら、何ら問題はない。だけど……

カサカサという音が、どんどん近づいて来ているのだ。

振り返ってどんな人物なのか確認したかった。しかし、それは怖くてできそうにない。

この前と同じ不審者だったらどうしよう。そう考えるだけで足が竦みそうになる。

でも、こんなところに一秒も長くいたくない。

とにかく今は、この暗がりの雑木林を抜けることだけを考えよう。

もう少しすれば林を抜ける。あとちょっとの辛抱だ。

私は、はやる気持ちを抑えながら、歩調を速めた。

だが、足音がどんどん近づいてくる。

間違いない。すぐそばまで、その人物が近づいて来ているのだ。

（ヤダ、怖い！）

怖くなって走り出そうとしたときだった。

私は誰かに背後から抱きつかれ、そのまま雑木林に連れ込まれてしまった。

強引に身体を抱きしめられ、それだけで鳥肌が立つ。

どうにか振り返ってその人物を見たが、パーカーのフードを被っていて、ろくに顔も確認できない。

ただ、力の感じや身体の大きさなどから男であることはわかり、ますます恐怖が込み上げてくる。

必死に抵抗すると、顔や身体があちこちの草や木に当たり、そのたびに痛みが走った。

切り傷ができてしまったかもしれない。だが、今はそれどころではなかった。

とにかく抵抗して、この人物から逃げ出さなくては。もし、この男から逃げられなかった場合は……考えただけでも恐ろしい。

折れそうになった気持ちをなんとか持ち直し、私は力の限り叫んだ。

「や、やだ！　離して!!」

だが、私の声に反応して助けてくれる人は誰もいない。

大きな声で叫ぶ私に、その男は怒鳴った。

「うるせぇ、大人しくしてろ！」

男の声が響くが、この近くには民家もなければ人通りもない。

騒ぎに気が付く人は誰もいない状況だ。

なんとか手を振り払い、私は男から離れる。だが、辺りは木が生い茂っていて逃げる場所はない。

絶望に瞳を揺らす私を見て、その男はフヘへと怪しげに笑った。

その笑い方がとても不気味で、身体が震える。歯の根が合わずカチカチと音がした。

男は私が恐怖に戦き逃げ回るのが楽しいのか。ニタニタと気持ち悪く笑う。

「こんな場所、歩いているテメェが悪いんだよ」

「っ！」

可哀想になぁ、と再び気味悪く笑うと、男はポケットから何かを取り出した。

キラリと光る何か——もしかして、ナイフ？

足が竦んで動くことができない。怖くて声を出せない。

早く逃げなくちゃ——頭ではわかっている。だけど、身体が動いてくれない。

立ち竦む私に、男はナイフをちらつかせて近づいてくる。

私が恐怖で震えている様を味わうみたいに、一歩一歩時間をかけてジリジリとこちらに近づく。

「さぁて、もう逃げる場所はないぞ？」

「っ！」

必死に足を動かそうとしたが、背中が大きな木にぶつかる。

もう逃げ場は——ない。

「この前見たときから、アンタと遊びたいと思っていたんだ」

へへへ、といやらしく笑い、その男はナイフを掲げる。

キラリと光るそれを見て、私は絶望感を抱く。

（もう、ダメだ！）

これから起きるであろう恐ろしい出来事を覚悟し、目をギュッと瞑った。

——新先生、助けて!!

ふんわりとした穏やかな笑みを浮かべる新先生の顔が脳裏を掠め、私は大好きな人の名前を心の中で叫んだ。

そのとき——

「グッ……」

男は突然うめき声を漏らした。

自分がうめき声を出すことになると思っていたのに、私は未だに痛みを感じない。

それどころか、男のうめき声はまだ続いている。

「は、離せ！」

「離す訳がないでしょう！」

男以外の人物の声が聞こえる。それも聞き慣れた、私が一番聞きたいと思っていた声だ。

驚いて目を開き、男の背後を見る。

そこには新先生がいた。男の肩を掴み、もう片方の手で男の腕を掴もうとしている。

「新先生！」

私は涙をポロポロと流しながら、声の限り先生の名前を呼んだ。

先生は男の腕を掴み、ナイフを持っている手を木に何度も打ち付ける。

男は抵抗しているが、新先生の方が体格も力も上らしい。

何度か木に叩きつけられ、ナイフが男の手から落ちた。

それを見た先生は、地面に落ちたナイフを草むらに向かって蹴る。

そのあとは、見事なほどの早業だった。

先生は掴んでいた男の手首を内側に捻り上げつつ背後に回る。そして男を身体ごと地面に押しつけると、再びうめき声が響いた。

あ然として立ち尽くす私に、先生は叫んだ。

「遥さん、警察に連絡を！」

「は、はい！」

恐怖から解放され安堵していた私は、新先生の声でハッと我に返り、慌ててバッグからスマホを取り出して一一〇番通報をしたのだった。

7

「寿命が確実に縮まりましたよ。あんまり心配をかけないでください」

「ごめんなさい」

私たちは事情聴取を受けたあと、署を出てきた。

新先生に連れられ、私はトボトボと帰路に就く。

犯人の男を警察に引き渡したあとから、新先生はずっと私の手を握っていてくれている。

新先生のぬくもりを感じるだけで、先ほどの恐怖が薄らいでいく。だからこそ、恥ずかしくても彼の手を離すことができない。

手を繋(つな)いだまま頭を深く下げる私を見て、新先生は安堵したように息を吐き出す。そして、そのまま先生に抱きしめられた。

「あ、あらた……せん、せい？」

「どうして僕から逃げたんですか？　逃げる必要なんてありますか？」

先生の声は優しい。だけど、質問に答えずには済まさないという空気が伝わってきた。

たぶん怒っている。いや、怒っているだろう。

だって私は、ずっと先生を騙していた。嘘をついて、本当の自分を隠していたのだから。

そういう行為を嫌う先生は、本当はもう私の顔なんて見たくないのかもしれない。

ツクンと胸を刺す棘が痛い。だけど、こうして拘束されてしまっている以上、理由を話さなければ解放してもらえなさそうだ。

私は、ギュッと締めつけられる胸の痛みに耐えながら呟いた。

「だって……新先生、怒っているでしょう？」

「怒る？　どうして？」

驚いた声を出す新先生を、彼の腕の中から見上げた。彼は本当に驚いているようで目をパチパチと瞬かせている。

目が合ったが、気まずくてフイッと視線を逸らす。

「私……ずっと先生に嘘をついていました」

「ああ。本当は元気いっぱいでハキハキしているのに、甘えた声を出して媚びていたことですよね。あとはそうですね、本当は自分の考えがあるのに、それを押し殺して一人じゃ決めることができないというポーズをとっていたことですか？」

やっぱりすべてバレている。私は肩を落とした。

「……はい。まぁ君から聞きましたよね、本当の私について」

完璧にバレていたこと、嘘をつき続けていた後ろめたさ。そして、そんな私に呆れているはずの新先生を思うと逃げ出したかった。

だが、先生は腕を緩めず、ギュッと私を抱きしめたままだ。

私を逃がす前に、恨み辛みを言うつもりなのかもしれない。

それなら甘んじて受けよう。だって悪いのはすべて私なのだから。

せっかく先生が「付き合ってみませんか」と言ってくれていたのに……

本当のことを話して、いつもの私でいたら先生は私を許してくれただろうか。そのまま付き合ってくれただろうか。

今さら言っても遅いと思うけど、悔やまれて仕方がない。

もっと早くに本当のことを言えばよかった。もっと早くに新先生への恋心に気が付けばよかった。

目に涙が滲む。だけど、ここで涙を流すのはズルイ行為だ。

だって私が悪いのに泣いてしまったら、新先生が変な罪悪感を覚えてしまうかもしれない。

キュッと唇を噛みしめ、どうにか涙が零れ落ちるのを我慢していると、頭上から新先生の忍び笑いが聞こえる。

驚いて顔を上げると、先生が口を開いた。

「あのね、遙さん。とっくの昔にわかっていましたよ」

「は？」

何がわかっていたのか。呆気にとられていると、新先生は困ったようにほほ笑んだ。

「ですから、遙さんの本当の姿を、ですよ」

「え……え？　は!?」

どういうことなのか、と慌てふためく私をギュッと抱きしめ、新先生は私の髪に顔を埋めた。

「美玖の企てで、遙さんと引き合わされたときからです」

「そ、それって……ほとんど最初っからじゃないですか！」

「最初からですね」

顔を上げた先生は、キラキラと眩しい笑顔でこちらを見つめている。だが、私は絶句するしかない。

ってことはですね、新先生。私が苦し紛れで媚びを売る様子を、「演技してるなぁ」と見守っていたということでしょうか。

（ああ、目眩がする）

フラフラと倒れそうになる私だが、新先生の腕の中にいるのだから倒れる訳がない。

先ほどまでは後ろめたさで逃げ出したかったのに、今は恥ずかしさのあまり逃げ出したくなった。

内心で悶えている私に、先生がさらに言う。

「滝本さんや、春ヶ山スポーツジムに通っている方々から遙さんのことを聞いてたんです」

「え？」

あ然としている私を腕の中から解放し、先生は再び手を握ってきた。

「歩きながら話しましょう」

「う……はい」

これから拷問に近い話を聞くはめになることを覚悟しつつ、私は新先生に引っ張られて歩く。

「先ほど言った通り。実は、滝本さんたちから遙さんについて色々聞いていました。それもかなり前からです」

ずっと女性の影がないことを心配していたのは、新先生の親戚だけではなかったのだとか。

先生の祖父の代からいてくれている看護師長さんをはじめ、黒瀬医院のスタッフたちは潤いがなさそうな新先生の私生活を心配していたという。

それを聞きつけた滝本さんたちは、「それなら、遙ちゃんがいいわよ」と新先生に勧めたらしいのだ。

春ヶ山スポーツジムに通っている渋谷遙という女性、歳は二十七歳。ハキハキとしていて気持ちがいい子で、お年寄りにも優しい。

歳も丁度いいし、遙ちゃんにはお付き合いしている人はいない。絶対に新先生とお似合いだ、と病院に来るたびに言っていたのだとか。

「違う人たちが毎日言うものですから、しっかり名前は覚えたし、遙さんの趣味なんかもたくさん聞いています」

「はぁ」

「写真も何度も見せてもらっていました」

「しゃ、写真って!!」

滝本さんたちが撮った写真ということは、ジムで身体を動かしたあとのすっぴんだったんじゃないだろうか。

先生とは前にジムのプールで顔を合わせている。あのときもすっぴんだったから、今さら騒いでも仕方がないけど……

声にならない叫びを上げると、彼は私が慌てている理由がわかったようで噴き出した。

「大丈夫。化粧していない遙さんも、とても可愛かったです」

「言わないでください。恥ずかしいんですから」

お世辞ではないんですよ、本心ですから、と先生は朗らかに笑うが、勘弁してもらいたい。

今度滝本さんたちに会ったら、どんな写真を見せたのか問い詰めなくては。

そんなことを考えて難しい顔をしている私とは反対に、先生はクスクスと笑って楽しげだ。

カチンときた私は、先生をキッと睨みつける。

「笑い事じゃありません」

口を尖らせて抗議しても、先生は私の睨みなど効いていない様子で目を細めた。

「でもね、遙さん。滝本さんたちが貴女の写真を僕に見せてくれていたから、居酒屋で疑問を抱いたんですよ。この人どこかで会ったことがあるなって」

「だからだったんですか……」

美玖さんに脅されて行くことになった合コン。蓋を開ければプチお見合いみたいなことになっていたその席で、新先生が私の顔を見て首を傾げていたことを思い出す。

初めて会う人間への反応ではないと思ったから覚えていたのだ。

「だけど、どこで会ったのか。最初は思い出せなかったんです。美玖から貴女の名前を聞くまでは、さっさと帰りたいと思っていました。女性と付き合う気は全くなかったですし」

「……そうでしたね」

私は、あのときの新先生の態度を思い出す。

最初は明らかに不機嫌で、私に対しても素っ気なく、ふとしたときに素顔を露（あら）わにしていた。必死に演技をしているせいで、破談にしようとしていることが丸わかりだったことを思い出す。

大きく頷くと、新先生はばつが悪そうに肩を竦めた。

「でも、渋谷遙という名前を聞いた瞬間に気付きました。滝本さんたちが、せっせと僕に勧めてきた女性だということに。そこですぐに考えを改めたんです」

「え？」

「滝本さんたちから貴女のことを色々聞いていて、興味があったんですよ。一度会ってみたいとも思っていました。だけど、会ってみて僕が思い描いていた人じゃなかったら貴女にも滝本さんたちにも迷惑がかかる。だから言い出せなかった」

「先生……」

「でもあの夜、僕は貴女に会うことができた。嬉しくて、引き留めるのに必死でしたよ。貴女が僕に偽りの姿を見せて嫌われようと必死だったことはわかっていましたが、どうしてもあの夜だけで終わらせたくなかった」

真剣な顔で私を見下ろす新先生の視線はとても熱い。ジリジリと身が焦がされてしまいそうなほどだ。

「必死に演技をしている遥さんは可愛かったです。会うたびに遥さんのことが知りたくなる。必死に被っている猫を引っ剥がしてしまいたくなった」

「新先生」

繋いでいる手を、ギュッと強く握りしめられた。伝わってくる先生の熱がより高くなったように感じる。

息が止まるかと思った。それくらい真摯な瞳で先生は私を見つめている。

「僕は、遥さんに出会う前から貴女を好きだったのかもしれません。そして、会うたびにもっと好きになっていく」

「新……先生」

繋いでいた手を引っ張られ、新先生の腕の中へ導かれた。彼は私の耳元で誘惑するみたいに囁く。

「ねぇ、遥さん。僕と一緒に恋愛をしてみませんか？」

甘く優しい、新先生らしい声色。

罪悪感やら恥ずかしさ、色々なものが混ざり合って、今の私はいっぱいいっぱいだ。

だけど、心は素直に叫んでいた。先生が好き、新先生と恋愛がしたい、と。

私は、促されるままに頷いていた。

「よろしく、お願いします」

こちらこそ、とほんわかとした笑みを浮かべる新先生を見て、ホッと息を吐く。

もう偽りの自分を見せなくてもいい、それだけで心が穏やかになっていくのがわかる。

新先生と視線が絡むのがくすぐったくて、照れくさくて。繋がれている手と手を見つめる。

ずっとこうしていたい、彼の温もりを手離すのが寂しくなる。

でも、それはできない。このあと、先生は私を自宅に送り届けてくれるのだろう。

笑顔で私に手を振って帰っていく後ろ姿を想像して、急に心細くなった。

そして、脳裏を過るのは先ほどの出来事だ。無事犯人が捕まったとはいえ、どうしても恐怖心を思い出してしまう。

繋いでいる新先生の手をギュッと握りしめ、私はその場に立ち尽くした。

「遙さん？」

どうしましたか、と新先生は背中を丸めて私の顔を覗き込む。

心配そうな彼の目を見ていたら、思わず口走っていた。

「先生、お願いがあるんです」

「なんですか？」

目を何度か瞬かせた新先生は、見惚れるような笑みを浮かべる。

その笑顔に促されるみたいに、私は先生にお願いをした。

「今夜、一緒にいてくれませんか？　どうしても一人になりたくなくて」

不審者が私に襲いかかってきたときのことを、今も鮮明に覚えている。

思い出しただけで震え上がってしまいそうだ。

だけど先生と一緒なら、この怖さもなくなるんじゃないかと縋ってしまった。

だが、唐突だったかもしれない。とんでもないことを言ってしまったと身体を縮こまらせる。

先生はそんな私の頭をゆっくりと撫でながら、「お家の方は？」と聞いてきた。

私は、首を小さく横に振る。

「両親は仕事で海外に行っていて不在なんです。一緒に住んでいる弟はサークルで旅行に出かけています」

「じゃあ。遥さん、今夜は一人ってことですか？」

そうですと頷くと、先生は黙り込み、何やら考えこむ仕草をした。

それを見て、私は慌てる。やっぱりとんでもないお願いをしてしまったようだ。

私たちは付き合い出したばかり、それも先ほど思いが伝わったところだ。

それなのに今晩一緒にいたいなど、大胆すぎだろう。しかも、いきなりなので迷惑になってしまうかもしれない。

　そんなことにも頭が回らないだなんて、私は自分で思うよりも先ほどの出来事に動揺しているのだろうか。

　顔の前で両手を振り、首を横に振った。

「えっと、あの、ごめんなさい。あはは、私ったら何言っちゃっているんだろう」

「……」

「忘れてください！　お願いですから、忘れてください！」

　恥ずかしくて顔を逸らして離れようとすると、先生は私の手首を掴み、強引にどこかに引っ張っていく。

　戸惑う私を振り返り、先生は笑みを浮かべる。彼の目には、ドキドキするほど情熱的で官能的な色が宿っていた。

「いいですよ。でもね、遙さん。前もって言っておきますね。貴女に触れずに夜を過ごすことはできないと思います」

「え？」

　驚いて目を見開く私に、先生は甘ったるい笑みで言葉を重ねる。

「覚悟はできていますか？」

「新先生……」

視線を逸らすことができなかった。

ドクドクいっている胸の鼓動がうるさくて、考えが纏まらない。だから、私は思ったことを素直に口にすることにした。

「覚悟なんてできていないです……だけど、先生と離れたくないんです。これって私の我が儘でしょうか？」

自分の服の裾を握りしめる。先生の返事を聞くまでの間、私はギュッと目を瞑った。

すると、頬に柔らかくて温かい何かが触れる。先生がキスしてきたようだ。びっくりして目を見開くと、先生が温和な表情で私を見つめていた。

「遥さんの我が儘なら、いくらでも聞きますよ。さぁ、行きましょうか」

そう言うと、先生は私の自宅とは正反対の方向へ歩き始める。

彼にリードされる形で、私はあとをついていく。

先生の背中をジッと見つめ、今さらながら大胆な真似をしでかしたことに恥ずかしさを覚えた。

張り裂けそうな胸の鼓動を抑えるのに必死で、会話ができない。

一方の新先生は前を見据えたまま、ただ歩く。

そこに会話はない。だけど、沈黙が辛くはなかった。手から伝わる温もりに癒やされて温かい気持ちになるからだ。

それはひとえに新先生の人柄のなせる業なのだろう。

彼が纏う空気は、とても温かで優しい。この人となら恋をしたい、そう素直に思った。

恋に臆病でトラウマ有りの私が、一夜を一緒に過ごしたいなどと言ってしまったのは、そのせいもあるかもしれない。

それもセックス経験ゼロなのに……

ドキドキしたり、キュンと切なく高鳴ったりと私の胸はひどく忙しい。

もう一度繋いでいる手を見ていたら、頬にポツリと雫が落ちてきた。

空を見上げると、次から次へと雫が降り注ぐ。雨だ。

「遥さん、急ぎましょう」

「はい」

手を繋いだまま、私たちは黒瀬医院に向かい走り出した。

＊＊＊

「風邪をひいてはいけないから、先にシャワーを浴びてきてください」

「いえ、でも……先生だってビショビショですよ？　先生こそ先に入ってください」

ここは、黒瀬医院の二階。新先生の自宅の玄関だ。

警察署から帰る途中、雨に降られてしまった私たちは、先ほどからどちらが先にお風呂に入るかで揉めている。

外はかなりの雨が降っていた。家の中に入っていても雨音が聞こえてくるほどだ。

私と先生は髪からも雫がボタボタと落ちている状態だし、コートもびっしょり濡れている。絞れば音がするほど雨水を吸い込んでいることだろう。

何度か押し問答したあと、私はムンと唇を引き結び、新先生を見上げた。

「私は大丈夫です。頑丈にできていますし。それに、もし風邪をひいてしまったら新先生が診てくれますよね？」

「遙さんが風邪をひいてしまったなら、もちろん僕が診ます。ですが、そうならないためにも、早くシャワーを浴びて温まってください」

あちらも引く気はないらしい。新先生もなかなかに頑固者だ。

「でも、この家の家主は新先生なんですから。さっさと入っちゃってください」

「それを言うのなら、遙さん。ここの家主が命令します。さっさと入っちゃってください」

ああ言えば、こう言う。地団駄を踏む私を、先生は無理矢理バスルームへ押しやった。

「あ、ちょっと！　新先生」

「そこにあるバスタオル、好きに使ってください。ドライヤーもありますから、しっかりと乾かしてくださいね」

ニッコリと笑いながらも有無を言わせない態度で、新先生はバスルームの扉を閉めてしまった。

着替えはあとで持ってきます、と扉の向こうで声がしたかと思うと、そのまま足音が遠くなる。新先生はどこかに行ってしまったようだ。

「もう！　新先生ってば頑固なんだから」

ブツブツと文句を言いつつも、彼らしい対応に思わず頬が緩んだ。

だがすぐに我に返って、服を脱ぎ始める。

文句を言う時間があったら、すぐさまシャワーを浴びて出てきた方がいい。

そうすれば、先生も早くシャワーを浴びることができるだろう。

水分をたっぷり含んでしまったコートを脱ぎ捨て、私はささっと服を脱ぐ。

幸い、下着はそこまで濡れていなかった。

手早くシャワーを浴び、戸棚にあったバスタオルを一枚お借りする。

改めて見れば、Tシャツとスウェットのズボンが置いてあった。

私がシャワーを浴びている間に、先生が置いておいてくれたのだろう。

「うわ……大きい」

先生が普段着ているもののようだ。こうして着てみると、彼が私よりかなり大きいということがわかる。

ズボンにいたっては、腰紐を縛らないと落ちてしまいそうだし、何より丈が長い。

ギュウギュウと腰紐を引っ張って縛ったあと、裾を何度も折り曲げる。そして、リビングにいると思われる先生に声をかけた。

「お待たせしました。どうぞ……？」

ゆっくりと扉を開けたが、そこには誰もいない。

早くシャワーを浴びてほしいのに、一体どこに消えてしまったのか。

二階の居住スペースには、先生の姿は見えない。となれば、一階の病院の方だろうか。

階段を下りていくと、明かりが漏れている一室がある。この前、先生に連れ込まれた診察室だ。

すき間から中を覗くと、着替えてラフな格好をした新先生が書類に目を通していた。

真剣な横顔は、課長を助けてくれたときと同じでドキドキと鼓動が速くなる。

仕事をしている最中に声をかけるのは申し訳ないと躊躇したが、先生はまだシャワーを浴びていない。早く温まらないと風邪を引いてしまうかもしれないのだ。

私は遠慮がちに診察室にいる先生に声をかけた。

「先生？」

声をかけられて、私が診察室の扉の前にいることがわかったらしい。

　先生は椅子を反転させ、私を視界に入れると笑みを浮かべた。

「ああ、ごめん。ちょっと仕事があったものだから」

　こっちにおいで、と新先生が手招きをする。私はいそいそと診察室の中に入り、彼の近くまで寄った。

　のんびりと座っている新先生を、腰に手を当てて見下ろす。

「すぐにシャワーを浴びて温まってください！　外は冷えていたんですから、早く温まった方がいいです」

　新先生の髪を見ると、まだ濡れている。身体をタオルで拭いただけのようだ。

　こんな状態じゃ、風邪をひいてしまう。それなのに、先生は立ち上がろうともしない。

　私を見てニコニコと穏やかに笑うだけだ。

　そんな新先生に痺れを切らした私は、眉間に皺を寄せる。

「新先生ってば！」

「フフッ。遙さんは温まってきましたか？」

　忠告をスルーして私の心配をする新先生に口を尖らせた。

「はい。先にお風呂ありがとうございました。ささっ、先生も早くお風呂に」

　そう言って先生から離れようとしたが、失敗に終わる。

　新先生は私の腕を掴んで引っ張り、膝の上に乗せたのだ。

以前、診察室に連れ込まれたときも同じように膝の上に座らされたことを思い出し、頬が熱くなる。

「ちょ、ちょっと！　新先生。こんなことしている場合じゃないでしょ？」

「ああ、温かい。それに僕と同じ香りがする」

「そ、そりゃあ……ボディーソープをお借りしたし」

「遙さんを抱いていると気持ちいい」

膝の上に乗せられたまま抱きしめられ、驚きが隠せない。

それに、先生の口調が変わった。今までは私に対して敬語だったのに、フランクになった気がする。

「ごめん、遙さん」

背後から私を抱きしめた体勢で、新先生は私の耳元で甘く囁く。

「え？」

どうして謝るの？　もしかしてやっぱり私とは付き合いたくないとか？

不安に思っている私に気が付いたのか、先生は「違うよ」と笑って言う。

それじゃあどうしたのか、と問いかけると、先生は困ったように呟いた。

「さっき、貴女の我が儘はいくらでも聞くと言ってしまったけど、一つだけお願いしてもいいかい？」

「え？」

　どういうことだろう。不安と期待に揺れていると、先生は私を抱き上げて近くにあった診察台に押し倒した。

　私の視界には天井と、ドアップになった新先生の顔が映る。彼の視線は真剣みを帯びていて、その眼差しにドクンと大きく胸が高鳴った。

「僕の我が儘も聞いてほしいんだけど、いいかな？」

　先生の我が儘も聞いてあげたい、あげたいんだけど……これは一体どういうことでしょうか。

　目を白黒させていると、先生は見惚れるような笑みを浮かべる。

「遙さん、僕を温めてほしい」

「っ!!」

　ボンッと効果音がしそうなほど、私の身体は一気に熱くなった。

　温めるって、どうやって？　なんて恥ずかしくて聞けない。ただただ、先生を見つめるしかできなかった。

　顔が真っ赤になっているはずの私を見て、先生は目を細める。

「そういえば、前に言ったことがありますよね。遙さんは覚えていますか？」

「え？　何をですか？」

今はそれどころじゃない。これから起きるであろうことを想像するだけで、のぼせてしまいそう。そう言えればよかったのだけど、そんな余裕は皆無だ。

しかも、先生の口調がフランクになったり敬語になったりするからドキドキしてしまう。

私の心情などお見通しらしき先生は、甘ったるくほほ笑む。

「一見穏やかな人物に思えたとしても、実のところは違っているかもしれない、とね」

「な……！」

それは誰のことを言っているのでしょうか。わかっているけど思わず聞きたくなる。

逃げたくなっている私に、先生はさらに顔を近づけてきた。

「自分でも草食系だと思っていましたが、何でも例外ってあるものですね」

「例外ですか？」

ええ、と頷いたあと、先生は私の頬をゆっくりと撫でた。

「たとえば、遙さんの前では獰猛な獣になれる、とか」

頬に触れていた先生の指が、今度は唇に移動する。唇の柔らかさや感触を堪能するみたいになぞられた。

射貫くように見つめる先生の視線が熱くて、焦げてしまいそうだ。

私は先生の熱にうかされ、口を開いた。

「私は、先生に食べられちゃうのでしょうか？」

「そうですよ。どうしますか、逃げます？　もう少し機を見計らいますか？」

逃げ道を用意してくれているとも感じるが、それは違う。

先生は、私を試しているのかもしれない。

いつもは穏やかで優しくて、ほんわかとした雰囲気の新先生だけど、今は隠している本性が露わになっている。

それがわかっていながら、私は新先生に捕らわれることを選ぶ。

身も心も、全部。私は彼に捧げたいと願っていた。

私は小さく首を横に振り、まっすぐ先生を見つめる。

「いいえ。こう見えて私、決断するともう迷わないんですよ」

＊　＊　＊

「遙さん、こっちにおいで」

「えっと、あ、あの……は、はいぃ」

声が上擦っていますよ、と新先生はクスクス声を出して笑う。

（しょうがないじゃないか。だって緊張しているし、それに初めてなんだし！）

素直に申告すると、先生は目を丸くさせたあとで恍惚とした表情になった。

一階の診察室で押し倒された私だったが、今は二階にある先生の寝室に連れ込まれている。

『診察室で遙さんを抱いたら、あれこれ思い出して仕事になりそうにもないから』

そう言って頬を赤く染めてほほ笑んだ先生は、殺人級に可愛かった。年上で可愛いだなんて、罪作りな人だ。

それから先生に手を引かれて寝室に入ったものの、入り口付近でモジモジと動けないでいる。

見かねた先生は、私の背後に回り込み、ギュッと後ろから抱きしめてきた。

「緊張、してますか？」

「そ、そ、それはもう！　心臓の音がドキドキなんてもんじゃないです。バクバクうるさくて……壊れちゃいそうですよ」

か細く言う私の背中に先生の耳が当たる。新先生が近くにいる、それも私に触れている。そう考えるだけで、ますます鼓動が高鳴った。

「本当ですね。遙さんの心臓の音、聴診器を使わなくても聞こえるほどドキドキいっていますね」

「ちょ、ちょっと！　新先生。聞かないでください」

恥ずかしさが増すじゃないか。新先生から離れようとしたが、身体を反転させられた。頬が彼の胸の辺りに触れている。その拍子に、先生の胸の音が聞こえてきた。

「あ……」

「僕もスゴイでしょう？　かなり緊張していますから」

「先生も緊張しているんですか？」

「遥さんは知っているでしょう？　僕が恋愛から遠ざかっていたことを」

「でも、初めてじゃないですよね？」

なんかすっごく悔しい。研修医時代から恋愛と距離を置いていた先生だが、その前は間違いなく恋愛をしていたはずだ。

過去のことをとやかく言っても何も変わらないし、戻ることはない。

頭ではわかっている、だけど心がキチンと理解してくれない。

先生の元カノを想像して、胸の痛みが増していく。きっとこれは俗に言う〝ヤキモチ〟というヤツなんだろう。

面白くないと口を尖（とが）らせると、新先生は私の頭をゆっくりと撫（な）でた。

「嫉妬（しっと）してくれるなんて嬉しいです」

「こっちは嬉しくなんかありません。いいですよね、先生は。今まで男性経験がほぼない私と付き合うんですから」

「ん？」

「嫉妬とは無縁でしょ？」

ああ、もう。本当に面白くない。まさかこの場面で先生の元カノの影に嫉妬することになるとは思わなかった。

ふーんだ、とそっぽを向く。

ますますむくれる私を腕の中から解放し、先生は前屈みになっておでことおでこをくっつけた。

鼻の頭が当たりそうなほど顔を近づけてくるから、気持ちとは裏腹に頬がポッと熱くなる。

「そう思っているのは貴女だけですよ、遙さん」

「え？」

「遙さんは気が付いていないようですが、貴女は会社の男性社員たちにとても人気があると美玖から聞いています」

「いや、それは誤解ですね」

美玖さんのリップサービスというやつだろう。

きっぱりすっぱり違うと言い切る私を見て、先生は苦笑を唇にのせた。

「その話を美玖から聞いたとき、僕は不安に駆られました。貴女がモテていることに気付いていないうちに、早く我が手にしたいとかなり焦ったんです」

「新先生？」

「それに僕だって嫉妬していますよ」

「へ？　誰にですか？」

私の周りに、恋愛関係になりそうなほど親しい男は新先生しかいない。

それに今まで付き合ってきた男性は二人。しかも付き合っていたと言っていいものかと考えあぐねてしまうほど、早くに散った恋だ。

先生が不安がるような要素は全くないはず。なのになぜ？

首を傾げて見つめると、新先生は困ったように眉を下げる。

「遙さんは、過去に二人の男性と付き合っていたと美玖が言っていました」

「じゃあ聞いていますよね。ひどい別れ方だったし、恋人だった期間はどちらも一週間もなかったということを」

「ええ。ですが、一度は遙さんの彼氏という座についたのですからね。色々嫉妬はしますよ」

するだけ無駄ですって、と言う私に、先生は首を横に振った。

「それに僕には今、強敵がいます。だけど、貴女を譲る気はない」

「ですから、誰も私なんか狙っていませんって」

あまりに真面目に言うので、思わず噴き出してしまった。

嫉妬する要素なんて皆無。それこそ時間の無駄というヤツだ。カラカラと笑う私の頬に、先生は手を伸ばし、包み込むように触れた。

ますます先生を近くに感じて、ドキンと大きく胸が高鳴る。

「遙さんが好きだ。誰にも渡したくない……渡さない」

「新せんせっ――」

私の声を押しとどめるみたいに、先生の唇が私の唇に触れた。

ゆっくりと感触を確かめるような、優しいキス。彼は何度も何度も啄みながら、キスを繰り返す。

クチュ、チュッと控えめなリップノイズを立てつつ、時折「可愛い」と囁く声はとてもセクシーだ。

身を捩る私の耳元で「恥ずかしがっているの、可愛い」と、先生はさらに追い打ちをかける。そのたびに身体も心もトロトロに溶かされていく感覚に溺れた。

キスの間に、先生の手がTシャツの中へと入ってくる。そして、かろうじて雨に濡れずにすんだブラジャーの上から胸に触れてきた。

ビクッと震える私の耳元で「やっぱり遙さんは可愛い」と先生は〝可愛い〟を連発する。

この行為自体にもドキドキして息が苦しいぐらいなのに、ますます呼吸が荒くなってしまう。

先生は一度身を離し、私が着ているTシャツを脱がした。

条件反射で胸を隠す私を制止するように、頬へキスをする。

「隠さないで」

「で、でも！　恥ずかしいから見ないで」

「いくら遙さんのお願いでも、それは聞く訳にはいきませんね。何もできなくなってしまう」

そう言った先生は胸を隠していた私の腕を外し、ブラジャーを押し上げた。その拍子に胸がプルンと揺れたのが視界に飛び込み、身体中が恥ずかしさでカッと熱くなる。

先生は私の胸に触れ、包み込むみたいに優しく揉（も）み始めた。

「隠されたら、こうして遙さんを可愛がってあげられなくなってしまう」

「っ！」

私が勢いよく目を逸らすと同時に、先生の指は胸の先端を摘んだ。息をのむほどの快感に、私は身体を震わせる。

慌てて視線を戻すと、淫（みだ）らな表情でこちらを見つめる彼と視線が絡み合う。

目が離せない。恥ずかしいのに、視線を逸らしたいのに、新先生を見ていたいと思ってしまう。

彼はそのまま腰を屈め、ツンと尖って主張する先端に舌を伸ばした。

「あっ……っああ」

舌で捏ねくり回され、時折唇で挟まれる。そのたびに、私は鼻から抜ける甘い声を出した。

片方の胸は唇で愛撫され、もう片方の胸は新先生の大きな手のひらで可愛がられる。

今まで感じたことがない感覚に、立っていることが辛くなってきた。

ガクガクと震える膝に気が付いた先生は、妖しく囁く。

「ほら、こちらにおいで」

その誘惑に促されるように頷いた私は先生と手を繋ぎ、ベッドに近づき腰かけた。

髪をかき上げられ、隠れていた耳に先生の唇が触れる。

甘い吐息を零していると、ベッドに押し倒された。

「どうしよう……遙さんが可愛くて、理性が保たないかもしれない」

私の顔の横に両手を置いて身体を支えている先生は、今まで見たことがないほど男の顔をしていた。

いつもは穏やかで、優しい日だまりみたいな雰囲気の新先生。

その新先生が今、私を前に淫らな表情をしている。そんな先生を見て、また大きく胸が高鳴った。

「好きだ、遙」

「っ！」

初めて呼び捨てで呼ばれ、胸が切なくキュンと高鳴った。

私はもう……すでに思考をトロトロに溶かされてしまっているようだ。

新先生はキスをしつつ、再び胸を揉み始めた。

理性が保たないなんて言っておきながら、先生の手はとても優しい。

やわやわと胸全体を可愛がる動きにも、先端を愛撫する手つきにも愛情が溢れている。

そこに言いようもない愛しさを感じ、私の胸はキュンキュンときめいてしまう。

口を開いて、という先生のお願いに従いゆっくりと口を開くと、生温かい何かが私の口内に入り込んでくる。新先生の舌だとわかった瞬間、下腹部が疼いた。

「はぁっふ……んん」

意図せずに出てしまう甘ったるい喘ぎ声に、耳を塞ぎたくなる。だけど、そんな余裕はない。

先生の舌は歯列をなぞり、私の口内を余すところなく堪能する。

ひっこめていた私の舌を探し出すと、今度は絡みついてきた。その途端、ゾクゾクと背に痺れが走り、腰が揺れてしまう。

水音と、私と先生の吐息の音が響く寝室。淫らすぎる空気を感じ、また恥ずかしさが増した。

胸に触れていた彼の左手は、横腹を通り、ヒップを撫で上げたあと、ショーツのクロッチ部分に触れる。

「ダ、ダメ……そこ、ぁやあ」

身を捩って慌てる私に、先生は意地悪く笑った。

「濡れていますよ」

「い、い、言わないでください！　知ってますから。改めて確認したくないです」

枕に顔を埋めて恥ずかしがる私に、「可愛い」と再び悩殺ボイスが囁かれる。

先生は、もしかしてわざと可愛いを連発しているんじゃないだろうか。

恨みがましくチラリと振り向くと、彼はしたたかな表情を浮かべている。

これは黒だ。真っ黒だ。

「言ったでしょう？　遙さん」

先生が言いたいことはわかる。だけど、これはギャップがありすぎだと思う！　抗議していいレベルだ。

眉を顰めて、私は〝例の〟あの決め台詞を言う。

「一見穏やかな人物に思えたとしても、実のところは違っているかもしれない、ってヤツですか!?」

「その通りです、よくできました」

満面の笑みで新先生は大きく頷いた。

いや、待ってください。違いすぎていませんか、新先生。

「私の趣味は草食系でして。肉食系だとはひと言も……」

お手柔らかにお願いします、と懇願する私に先生は涼しい顔で言う。

「遙さんにだけですから、そこは許してくださいね」

「……」

そんな天使みたいに可愛くほほ笑んでも、今さら無駄ですよ、無駄。

顔を顰める私を宥めるように、新先生は優しくキスをしてきた。

「もう我慢できないよ……遙を堪能させて」

その声、ズルイです、新先生。

結局は惚れた弱みというヤツなのかもしれない。

どんな先生でも愛する覚悟ができてしまっている。

『好きになった人がタイプになるということもあり得る』

以前聞いた新先生の言葉がストンと胸に落ちた。きっと、こういうことなのだろう。

恥ずかしかったけど、私から先生に手を伸ばし、再びキスをする。

可愛い、と囁いた彼の手は、再びショーツへ。今度は指を中に入れ込んできた。

ギュッと脚に力を入れていると、先生は困ったように苦笑する。

「ほら、脚の力を抜いて」

「無理って言ったら、どうしますか?」

「また、そんな意地悪を」

クスクスと楽しげに笑ったあと、先生は真顔で私の顔を覗き込んだ。

「それなら遙が自ら脚を開いてくれるように努力するのみですね」

「へ?」

新先生はもう一度キスをしてから、腰の辺りまで移動して太ももに舌を這わせた。

「っふぁ……ああ……んん!」

ビックリしたのと、気持ちよさで思わず声が出てしまう。

チュッと音を立てながら、お尻や太もも、膝、ふくらはぎ、足の先。すべてに新先生が口づけていく。

お尻を何度も揉み上げつつ、ショーツの間から指を進入させる。

ただ、私は未だに脚を開いていないから、指が進入できる範囲も限られていた。

「ひぁあっ!」

「本当はもっと奥に行きたいんだけど」

そう言って笑い、新先生は指を動かしていく。すると、クチュクチュと淫らな音が聞こえてきた。

「ほら、聞こえる？　遙が気持ちよくなっている証拠」

「っあ、だ、だから……もう、新先生！」

「遙のここ、甘く蕩けているはずなんだけどな。もっと触れさせてほしいよ」

「っ！」

絶句、絶句だ。何も言えないじゃないか。

今の私、絶対に湯気が出るほど身体が熱くなっているはずだ。

口を開いて顔を真っ赤にさせている私に、新先生は悪戯っ子のように口元を緩めた。

「キス攻めでも脚を開かない悪い子には、言葉攻めで挑ませていただきます」

「も、も、もう！　充分です」

「え？　まだ色々用意してたのに。まだ言い足りない」

先生の言葉攻め、ズキュンと胸を撃ち抜かれました。私の負けです。

心の中で白旗を振りつつチラリと先生に視線を向けたあと、枕を抱えて顔を埋めた。

「先生の好きになさってください！」

もうやけっぱちだ。恥ずかしさに悶えながら叫ぶ私を見て、彼はクスクスと楽しそうに笑う。

「では、好きにさせてもらいますよ」

先生が私から離れてすぐ、服を脱いでいるらしき物音が聞こえてきた。

これから始まるであろう甘い睦事を想像するだけで、のぼせて鼻血が出そうだ。

やがて、先生は再び私に近づき、抱えていた枕を取り上げた。

狼狽える私を見下ろし、先生はフッと艶っぽく笑う。その表情を見て、私の体温がまた一度上がった気がした。

バクバク鳴っている胸の辺りでギュッと拳を握りしめる。

「遙、全部僕にください」

返事をする余裕はない。コクコクと何度も頷くと、先生は私からブラジャーを取り外し、ショーツも脱がせていく。

真っ裸になった自分を新先生が見つめている。その現実に身体が火照っていく。

「遙、やっぱり可愛い」

「もう、何度も可愛いって言わないでってば！」

抗議の声まで甘ったるい。ああ、私。もう、怒ることもできないじゃないか。

「怒る声も可愛い。遙は可愛い」

何度もそんな言葉を囁く先生は、今まで頑なに拒否して力を込めていた私の膝を割り、そこに入り込んだ。

もう脚を閉じることはできない状況に慌てふためく私を見て、先生はより脚を広げさせた。

「ダ、ダメってば。そんな……恥ずかしい」

「恥ずかしくないですよ、遙。ほら、蜜がたっぷり溢れている。僕を感じてくれている証拠です。嬉しくて目眩がしそうだ」

先生の指が、一番敏感な蕾に触れる。その瞬間、下腹部に甘い疼きがもたらされた。

ひっきりなく甘い吐息を零す私に、何度も先生は〝可愛い〟と囁く。

ねぇ、先生。その声と言葉にどれだけ私がドキドキしているのか。わかっていないでしょ？

そう聞いてみたいのに、私の口から出るのはいやらしい啼き声のみだ。

先生は蕾を捏ねくり回していた指を、今度は蜜が滴る場所へ移動させる。そして蕾は、唇で可愛がり始めた。

「あっ、あ、あ……はぅんん！　やぁああ！」

花弁を一枚一枚舌で広げ、蕾を吸い上げる。ジュッジュッと蜜を啜る音が聞こえて淫らだ。

先生の指は最奥に触れたいとばかりに、何度も何度も出し入れをして快感を生み出していく。

「痛くない？　遙」

「だ、大丈夫……です」

「痛くなったら言うんだよ」

先生の眉が優しく弧を描く。それを見た私は、ホッと安心した。

彼をギュッと抱きしめると、「ちょっと待っていて」と囁いて、私から離れてしまった。

先生の温もりがないのは寂しい。思わず手首を掴んで首を横に振ると、彼は困ったように、だけど嬉しそうに笑みを浮かべる。

「大丈夫。すぐに戻ってくるから」

「本当に？」

首を傾げて縋る私に、彼はチュッと短いキスをくれた。

「遥と一つになりたいから。その準備をさせて」

「っ‼」

準備って、つまりそのぉ……準備ですよね。

カチンと固まる私を見てほほ笑んだあと、先生はサイドテーブルにある引き出しに手をかける。

引き出しを開けると、そこにはコンドームの箱があった。存在自体は知っているが、実物を直視したのは初めてだ。

「遙と出会った日の帰りに買ったんです。知っていると思うけど、これを使う機会はずっとなかったですからね」

「そ、そ、そうですよね」

明らかに挙動不審な私に、先生は艶やかに笑った。

「気が早いと自分でも思ったんですけどね。備えあれば憂いなし、ですから」

「は、はぁ」

「なにより、僕は遙を絶対に振り向かせる気でしたので」

「っ！」

ここにきて殺し文句炸裂だ。裸じゃなければ、恥ずかしさに身悶え、ベッドの上をゴロゴロしていたに違いない。

カサカサと箱を開ける音と、ビニールを破く音が聞こえる。だけど、そちらを直視するほどの勇気は持ち合わせていない。

固まったまま背を向けていた私を、先生は背後からギュッと抱きしめてきた。

「遙」

「っ！」

「優しくします。大事にします、だから……僕にすべてください」

その声にからかいの色はなく、真剣さが伝わってきた。

私はゆっくりと身体を反転させ、先生を見つめる。

少しだけ頬を赤く染めている彼だけど瞳の奥は情熱的だ。口元をギュッと一文字に結び、私をまっすぐに見つめている。

考えるより早く、私は先生の頬に手を伸ばしていた。包み込むように頬に触れたあと、小さく頷く。

「はい……お願いします」

ホッとした様子で息を吐き出した先生は「ありがとう」と私の耳元で囁いた。

その声にくすぐったさを感じ、身を捩る。だが、すぐに両肩を掴まれ、覆い被さられた。

「……遙」

先生の緊張した声に、胸がときめく。彼の手は私の膝の裏へと移動し、そのまま大きく脚を開かせた。

恥ずかしがっている暇はなかった。先生のいきり立った熱い塊がしとどに濡れている箇所を何度か擦り、蜜をまんべんなく塗りつける。

そして、ゆっくりと新先生自身が入ってきた。

まだ先端しか入っていないのだろうけど、すでに怖くなってきた。

「少しずつ、ゆっくり入れますから。僕に委ねてくださいね」

「は、はい！」

コクコクと何度も頷くと、先生は優しくキスをしてくれた。

チュッ、チュッと何度も唇を重ねられ、それだけで甘く酔ってしまう。

中心に向かって入ってくる先生だが、私が顔を顰めるたびに止まって気遣ってくれた。

それがとても嬉しくて、胸がキュンと高鳴る。

「う、うん……っああん」

先生は指で蕾を優しく撫で上げながら、腰も動かしていく。

気持ちよさと、今まで誰にも触れさせなかった場所に入り込んでくる違和感。色々な気持ちに揺られつつ、私は必死に新先生にしがみついた。

「っい……たぁ」

「もう少しですよ。我慢できそうですか？」

先生が耳元でそう囁いて労ってくれる。本当はすごく痛い。視界が涙で滲むほどだ。

だけど、私……先生を受け止めたい。一つになりたい。

大丈夫、と強がりを言うと、先生は困ったようにほほ笑んだ。

「止めてあげたいけど、止めてあげないよ。ごめんね、僕の我が儘だ」

「先生？」

「僕の手で、遙を女にしたい」

ドクンと胸が高鳴るのと同時に、今までで一番の痛みが襲いかかってきた。

「ッア……」

声にならない痛みに、私はギュッと先生の肩を掴んだ。

ジンジンと下腹部が痛む。でも、同時に彼の温もりを感じる。

私の中に先生がいる。それが無性に嬉しくて、再び私の視界は涙で歪む。

ハァハァと呼吸を荒らげる私に、先生は「よく頑張りましたね」とほほ笑んだ。

「全部入りましたよ。遙の中、すごく温かくて気持ちがいい。ずっとこうしていたくなる」

「新先生」

幸せそうに笑う先生を見ていたら、キュンと胸がときめいて、同時に子宮も疼いた。

まだヒリヒリと痛みが残っている。だけど、それ以上に幸せが込み上げてきた。

私の目尻に指を這わせて涙を拭うと、先生はその指を舐めた。そんな仕草もとてもセクシーで胸が高鳴る。

「遙は痛い思いをしたというのに、僕だけ気持ちいいだなんてごめんね」

困ったように眉を下げる先生に、私は首を大きく横に振った。そしてとびきりの笑顔を向ける。

「先生」

「ん?」

「すっごく幸せで、嬉しい」

「っ！」

「私、クセになっちゃいそうです」

先生と体温が蕩ける瞬間。こんなに幸せな気持ちになるなんて思ってもいなかった。

まだ痛みはあるけれど、ほぅと満たされたため息をつく。

それが新先生の官能の火を点けてしまうだなんて、幸せに浸っている私には予想もつかなかったのだ。

（あ、あれ？　なんか急に圧迫感が……？）

先生の雄々しいモノが大きくなった気がするのだけど、気のせいだろうか。

目を見開いて驚く私を見つめつつ、先生はフフッと笑いながら腰をゆっくりとスライドさせ始めた。

「まだ少し痛むかと思うけど、ちょっとだけ我慢していてくださいね」

「えっと、その」

「可愛い遙が僕の理性の箍を外したんですから、責任を取ってくださいね」

ちょっと待った、と止めるより前に先生の腰の動きは淫らなものに変わっていった。

指で蕾と胸の先端を弄りつつ、腰は何かを探すようにうごめく。

「きゃぁ……っ！」

一瞬目の前が真っ白になった。私の中にいる先生自身がある一点を突いたとき、今までにない快感が背を走る。

「いやぁっ……そこ、ダメ！　先生、ダメってば」

「ここがいいんですよね？　僕を締めつけて、遙のナカもとても素直で可愛いですね」

「っあ！」

言葉をなくした代わりに、甘い声で啼いてしまう。

新先生はニッと口角を上げ、気持ちがいい場所ばかりを狙って突いてくる。

もちろん蕾も、胸の先端も弄りながらだ。

「そこ、ダメ！　せんせ……っやあん！」

「ダメなんて言わないで、遙。僕は貴女をもっと気持ちよくさせたいんだから」

ますます動きが速くなり、指も滾る先生自身もいっそう快感を生み出していく。

荒い呼吸に、甘い吐息。二人が接触する場所からグチュグチュと聞こえる淫らな蜜音。

パンパンと身体と身体がぶつかる音。すべてが淫らで、官能的で、心も身体も熱くなっていく。

フワフワとした感覚を覚え、身体が甘く切なく震えた瞬間。昇り詰めた私はこれ以上ないくらい切羽詰まった声を上げてしまった。

「ああっ……やぁあああんん!!」

真っ白な世界に身体を投じ、幸せな余韻に浸る私が見たのは、新先生のセクシーなほほ笑みだ。

「あと少しだけ、僕に付き合ってくれますか？」

「へ？」

イッたばかりの身体は甘く痺れていて、何より敏感だ。

ちょっと待って、という制止の言葉を告げようとしたのだが、先生が私を愛おしげに見つめていて、何も言えなくなってしまった。

「僕を愛して……遙」

「せん……っせい」

膝を大きく割られ、恥ずかしいと思う暇もなく先生が律動を再開した。

「ああ……っ、わたし」

下腹に再び甘い予感を感じる。その予感は先生の動きとともに、より大きなものになっていく。

彼が動くたびに身体がブルッと震え、中にいる先生をキュッと包み込んだ。

「遙……っ」

私の名前を切ない声で呼ぶ先生は、額に汗を滲ませている。

先生の荒い息、私の甘ったるい啼き声。そしてクチュクチュと蜜の音が立つのを聞いていたら、聴覚だけでイッてしまいそうだ。

もう一度訪れる真っ白な世界を目の前にして、私はつま先でシーツを蹴(け)った。

「もっ……ダメっ！」

「遙」

「あぁああ……やぁあんん!!」

「っ！」

先生が私をギュッと抱きしめて最奥に触れてすぐ、膜越しに熱いモノが放たれた感覚がした。

気持ちよさと、少しの痛み。幸せで放心状態の私の頬に、先生の大きな手が触れる。

労(いたわ)るように撫(な)でながら、先生は私の顔を覗き込んできた。

「遙、大丈夫？」

「ん……」

小さく頷く私に、先生は口角をクッと上げて笑う。その笑みはどこか意地悪だ。

「初めてだから痛かっただろう？　でも、少しは僕を感じてくれた？」

「き、き、聞かないで……ってばぁ」

わかっているくせに、先生の意地悪。正直ヒリヒリして痛かった。だけど、途中から痛みが和(やわ)らぎ、違う感覚が生まれて、驚きを隠せない。

チラリと先生を見ると、「ん？」と小首を傾げてみせてきた。可愛らしい仕草の彼から視線を逸らした私は、顔が熱くなるのを感じつつ、ぼそっと呟く。

「……気持ちよかった」

そんな正直な感想を言うと、先生は一瞬言葉をなくしたあと、私をギュッと抱きしめた。

「あんまり可愛いことばかり言っていると知りませんよ？」

「え？」

妖(あや)しげな雰囲気を感じて身体を硬直させると、先生は耳元で囁(ささや)く。

「もう一回したくなる」

「そ、そ、それは勘弁!!」

これ以上は無理、絶対に無理だ。

先生を止めようと慌てる私を見て、彼はプハッと笑い出した。

「冗談ですよ。さすがに初めてで何回もじゃ辛いでしょう？」

「ちょっと！　からかうなんてヒドイ！」

猛抗議をする私に、先生は甘ったるい笑みを浮かべる。

「からかっていないよ。あわよくば、って思っていたし」

「っ！」

先生の表情は笑顔のままだ。だが、目が笑っていない。真剣だ。

「次のときは離さないから。そのつもりでね、遥」

そのあとは、先生からのキスの嵐を受け、甘ったるい愛の言葉を囁かれ、私は身も心もすっかり蕩かされてしまったのだった。

＊　＊　＊

「ま～、遥ちゃん。ついに観念したのね」

「あら本当、新先生の毒牙にやられちゃったのかしら」

無言のまま俯く私を、おばあちゃんたちがよってたかって弄ってくる。

私と先生が両想いになり、一つになった日から一週間が経った。

今日は日曜日、黒瀬医院はお休みで先生もオフ。だから一緒にジムに行こうかと誘われたのだ。

ジムでそんな私たちを待っていたのは、意味深に笑うおばあちゃんたちだった。

なんで皆、色々知っているんだろう。恥ずかしくて逃げ出したくなる。

だけど、新先生に肩を抱かれているため、動けないのが辛い。

一方の新先生といえば、いつものようにほんわかとした雰囲気でおばあちゃんたちに応対している。

居たたまれないのは私だけかと思うと、釈然としない。

新先生はクスクスと笑いながら、おばあちゃんたちに言う。

「皆さん、ヒドイなぁ。それじゃあ僕が悪者みたいじゃないですか」

そんな先生に、滝本さんは「あら？」と眉を上げた。

「先生、私たちを侮ってもらっちゃあ困るわよ。遙ちゃんは明らかに逃げていたのに、新先生が強引に迫っていたでしょう？」

「それを滝本さんが言いますか。滝本さんだって同罪ですよ。初めて遙さんが病院に来たとき、恋人同士とか言って騒いでいたんだから」

「おほほ。だって嬉しかったんですもの。遙ちゃんのこと、ずっと先生に話していたでしょ？　先生には遙ちゃんみたいな子がお似合いだって。引き合わせようとしていた矢先に遙ちゃんが自ら飛び込んで来たから、嬉しくて舞い上がっちゃったのよね」

私に言わせてもらえば、先生も滝本さんたちもやっていることはどっこいどっこいである。

滝本さんたちが新先生に私のことを「いい子だから、紹介してあげましょうか」と言っていたというのは本当だったみたいだ。

滝本さん率いるジム軍団が、作戦がうまくいったと喜んでいる様子を見て、私はげんなりする。

それだけ協力し合っていたのなら、新先生が私のことをかなり詳しく知っていてもおかしくはない。

滝本さんたち、余計なことを言っていなければいいのだけど……

今度新先生がいないときに、絶対に聞き出してやるんだから。

これ以上の個人情報ダダ漏(も)れを阻止することを心に誓っている私と、策士みたいな笑みを浮かべる新先生を見て、滝本さんはニンマリと笑う。

「やっと巡り会えて恋人同士になったんだから、この勢いにまかせて次のステップに進んでしまえばどう？」

「次のステップですか？」

新先生は小首を傾げている。もちろん、私もだ。意味がわからない。

二人でそうしていると、滝本さんは得意げに言い放つ。

「ええ、そうよ。結婚よ」

「け、け、結婚って！」

大声で叫ぶ私を見て、滝本さんはフフンと笑う。

「新先生には絶対に遙ちゃんみたいなお嫁さんが必要なのよ。看護師長の君恵(きみえ)ちゃんも嘆(なげ)いていたもの。新先生が人生にやりがいを持つためには可愛い奥さんが必要だって。

仕事以外になると何でも投げやりになるクセがあるってぼやいていたわよ」

「うわぁ……そこも筒抜けですか。君恵さんは僕を小さい頃から知っているので、何でも心配するんですよねぇ」

看護師長さんとは色々あるのだろう。新先生が困ったように肩を竦める。

そんな新先生に、よってたかって結婚を勧めるおばあちゃんたち。

あのですね、皆さん。そういうのは私がいないときにやっていただけると助かるんですけど。

とりあえずこの場から逃げてしまえ。そう考えて後ずさりしていた私に気が付いた滝本さんは、ズイッと顔を近づけてきた。

「ねぇ、遙ちゃん。貴女(あなた)も結婚したいわよね？」

「え？　は？　って、ちょ、ちょっと」

おばあちゃんたちに詰め寄られ、タジタジの私。だが、それを隣で見ている新先生は助けてくれない。

ちょっと薄情すぎやしませんか。

ほのぼのとした様子で私とおばあちゃんたちを見守っている新先生に助けを求めた。

「新先生、のんびり見ていないで助けてください！」

「いえ、助けませんよ」

即答である。すっぱりと切り捨てられた私はあ然としたが、すぐに怒りが込み上げてきた。

「な、なんでですか？　ヒドイです！」

そんな人だとは思わなかった。憤る私を見て、新先生はフフフとなんだか妖しげな笑い方をした。

「だって、僕は言ったでしょう？　遙が黒瀬医院に僕を訪ねて来たとき」

「え？」

何か言われただろうか。思い出せなくて、ポカンと口を開ける。

そんな私の鼻を、新先生はチョイッと指先で優しく弾いた。

「ついに僕の伴侶が見つかった、と」

「なっ⁉」

何を言い出した、新先生は！

慌てふためき挙動不審の私に、先生は不敵な笑みを浮かべる。

「恋人に昇格しましたからね。次は婚約へと進めようかと思っています」

「っ‼」

逃がしませんよ。私の耳元でそう囁く新先生の声は甘ったるく、私は羞恥に悶えるのであった。

甘すぎる求婚の仕方

1

新しい季節がまた巡ってきた。

そろそろ桜も終わり、新緑が眩しくなることだろう。

春は別れの季節でもあり、出会いの季節でもある。物事の節目みたいに感じるのは私だけだろうか。

新先生と付き合い出したのは一月の終わり頃だった。あれから三ヵ月が経つ。

お付き合いは順調そのもので、幸せすぎる日々だ。

新先生に出会う前までは、眼鏡男子との恋愛は私の中では御法度だった。

何しろ過去の恋愛で、『眼鏡男子に騙されるな！』なんて教訓を得ていたくらいなのだ。

三ヵ月前までの私はその教訓に則り、眼鏡男子、ひいては恋愛と距離を置いていた。

今振り返れば、非常にもったいないことをしていたと思う。だけど、そのすべては新先生に出会うためだったと考えれば「過去の私、グッジョブ！」と、頭をなでなでして褒めてあげたいぐらいである。

さて、順調そのものの私たちだが、一つだけ意見が異なる事案が発生していた。

付き合い出してすぐ宣言したように〝婚約〟に向けて新先生は積極的だ。

だけど、私はそれに尻込みしていた。

そんな中、迎えた日曜日。病院は休診ということで、私は午後から黒瀬医院の二階、新先生の居住スペースにお邪魔している。

夜ご飯は、先生と一緒にトマトとベーコンのパスタ、そしてグリーンサラダを作った。

しかし、そこは家事能力なんてない私。失敗の連続だった。

トマトを包丁で切れば、自分の指も切る。乾燥パスタを茹でようとすれば、鍋に触れて火傷をする始末……

最初こそ助手として働いていたが、途中からは先生の鮮やかな手際の見学に徹するという、あまりにも悲惨な結果に終わってしまった。

何も手伝えない不甲斐なさで、ため息しか出てこない。

新先生が作ったパスタとサラダは、とても美味しかった。私には絶対にマネできない味だ。

美味しいです、とパスタを頬張りながらも、胸の奥がズキズキと痛んでいた。

新先生は「少しずつやっていけば上達しますよ」と優しく慰めてくれるが、私は笑ってごまかす。

今までだって家事には色々と挑戦してきた。けれども、上達の兆しすら見えてこない。

それどころか、ますますひどくなっていると感じるのは、私の気のせいだろうか。

落ち込む私を、新先生はさらに慰めてくれた。

最初は頭を撫でて、そのあとは頬にキスをし、唇に軽くキスをしてきて……

あの先生……エスカレートしちゃっていませんか?

気が付けば、私はベッドへ運ばれて裸にされてしまっていた。

「遙。ほら……もう観念したらどうですか?」

「それは、無理ぃ」

首を横に振って意地を張る私に、先生はクスッと声を出して笑った。

いつもは優しくてほんわかとした雰囲気の先生。けれども情事中は少しだけ意地悪だ。

丁寧な口調は、ある意味、彼の武器だと思う。

だって、私は情事のときの先生の言葉に逆らうことができないのだから。

きっと、先生の言葉には媚薬めいた何かがあるはず。そうに違いない。

そんなことを考えている間に、先生は私を四つん這いにさせ、蜜が滴る場所を舐め始めた。

ジュッジュッと蜜を吸っている音が聞こえ、それだけで膝がガクガクと震えてしまう。

同時に、プックリと赤く充血しているであろう蕾を指で弾かれ、背に甘い痺れが走る。

「っああん！　やああ!!」

「本当にイヤ？」

イヤじゃない。イヤじゃないけど……刺激が強すぎて力が入らない。

首を横に振ったあと、手を突っ張っていられなくなり、枕に顔を突っ伏した。

お尻だけ突き上げている体勢に羞恥を感じて、顔が熱くなる。

慌ててベッドに寝転ぼうとしたのだが、新先生に腰を持ち上げられて阻止されてしまった。

「ちょ、ちょっと！　新先生」

「エロいですね、この体勢」

「だから！　離してくださいってば」

先生の手を振り払って拒否したい。だけど、先ほどまでの愛撫の余韻で私の身体は言うことを聞いてくれなかった。

「今なら遙は僕にされるがまま、ですね？」

「っ！」

抗議したいのにできない。だって……先生に触れてもらいたい。もっともっと気持ちよくしてもらいたい。

先生は私の背中にふぅと息を吹きかけた。その瞬間、子宮が彼を欲しがってキュンと疼く。

私のハジメテを新先生に捧げてからの三ヵ月間、お互い忙しい間を縫ってデートを重ね、身体も重ねた。

回数はさほど多くないと思う。それなのに、回をこなすごとに私の身体は快感に貪欲になっていく。

もしかして、もしかして……私ってば淫乱なんじゃないだろうか。

ひぇぇぇ、と心の中で叫んでいると、先生は私の心中を見透かしたようにクックッと笑う。

「遥がエッチを大好きになってくれて、僕としては嬉しいですけどね」

「なっ……な、な、何を言っているのか、私にはさっぱり」

慌てふためく私のお尻を両手で包みこみ、先生はチュッとそこに唇を寄せた。

再び訪れた快感に、身体が蕩ける。

「はぁっ……ああん！」

「ほら、こうして僕が触れるたびに可愛く反応してくれる」

そう呟いた先生はお尻の割れ目に舌を這わせ、蜜が滴っている場所を再び唇で愛撫し始めた。

舌を出し入れされ、私は淫らな刺激で涙目だ。

ビクビクと身体を震わせ、甘く啼く。体勢が体勢なだけに獣みたいだ。

「遙。僕と結婚しませんか？　今すぐに、君を僕のお嫁さんにしたい」

私は身体を震わせながら、新先生を振り返る。

「どうして……？」

「え？」

「どうして先生は、そんなに私と結婚したいの？」

先生がこうして私と結婚したいと言うのは、今回が初めてじゃなかった。

私を早く奥さんにしたいと言ってくれることは、とても嬉しい。涙が出るほど嬉しいのだ。

だけど、先生は慌てているような気がする。

ジッと見つめると、フッと視線を逸らされた。でも、彼の頬は真っ赤だ。

照れている先生を見ていたら、こちらまでさらに恥ずかしくなってきた。

カァッと頬が熱くなるのを感じていると、先生が呟く。

「いけませんか？」

「え？」

「寝ても覚めても遙を見ていたい。君の空気を感じていたいんだ。女性に対してこんなふうに思うことは今まで一度もなかった」

「っ！」

「僕の気持ちは、かなり重いってわかっているんですけどね」

困ったみたいに眉を下げたあと、先生は懇願(こんがん)するような目で私を見つめた。

「ダメ？」

「えっ！」

ドクンと胸が大きく高鳴った。

これは反則だ。みるみるうちに身体中が火照(ほて)っていく。

私を見つめる真剣な眼差しは情熱的なのに、胸がキュンと締めつけられるほどの可愛らしさ。先生が年上だってことを忘れそうになる。

恥ずかしくて視線を逸らすと、先生はクスクスと笑いながら「遥、入れますよ」と囁(ささや)いた。

「え？　っふんんん！」

いつの間に用意したのか。驚く暇もなく、先生が私の中に入ってきた。

クチュといやらしい音を立てながら、彼自身が奥深くへ進む。

春と言えど、まだ夜は肌寒い。身体が冷えていたのか、内側にある先生の雄々(おお)しいモノがなおさら熱く感じられた。

「先生の……熱い」

正直すぎる感想を口にしてしまい、羞恥でどうにかなりそうになる。そんな私の身体を愛撫しつつ、先生は嬉しそうに言う。

「遙の中、とても温かくて気持ちがいい。僕を包んでくれて……あ、ほら。締めつけた」

「そんなことっ、言わない……で」

慎重な動きで私の中を刺激する先生。的確に私のいいところを突くけれど、ゆっくりなせいでもどかしかった。

とても気持ちいいのだが、あと少しだけ足りない。でも、それを口に出しておねだりなんて無理だ。

思わず腰を揺らす私を見て、先生はフフッと楽しげに笑った。

「今日はゆっくり遙を愛してあげますよ」

「ゆ、ゆっくり？」

「そう、ゆっくり。丁寧に、隅から隅まで堪能する」

恐る恐る振り返ると、そこには貼り付けたような笑顔の先生がいた。目が笑っていない。全然笑っていないんですけど。

「えっと、え？　先生、何か怒ってます？」

「怒ってはいませんよ」

「いや、でも……顔がめちゃくちゃ怖いんですが」

「遙が僕より好きな男がいる、とか言い出さないかと警戒しているんです」

「まさか！」

勢いよく首を横に振る私を見て、先生は問いかけてくる。

「それじゃあ、どうしてすぐに僕と結婚すると頷いてくれないのかな？」

「そ、それは……」

「キチンとした理由があるなら言ってごらん？　僕だって無理矢理、遙を囲うつもりはないよ？」

私の背中を撫で、先生は腰をゆっくりと揺する。もどかしい動きながらも、的確に気持ちのいいところを刺激してくるのだから堪らない。

甘い痺れにブルルと身体を震わせつつ、私は懇願に近い声で言う。

「っや、あっ、私、どうしても今すぐには先生の奥さんになれないんです！」

時間をください。そう頼みこむと、先生の顔色がスッと冷たいものに変わる。

その様子があまりに怖すぎて、逃げ出してしまいたくなった。

だが、腰を掴まれたまま、それも先生の雄々しいモノが入っている状態で逃げ出すことは不可能だ。

頬を引き攣らせて見つめると、先生は眉間に皺を深く刻む。

「僕を好きだけど、結婚までは考えられないってこと？」

「違いますってば！　そうじゃなくて」

「そうじゃなくて？」

ますます眉間の皺が増えていく。それを見て慌てた私は、ソッと先生から視線を逸らす。

「遙？」

先生は一度身を離し、私の身体を起こした。向かい合わせで座りジッと見つめ合う。

彼の目はとても真剣だ。しかし、そこには不安の色も見える。

私が腕を伸ばしてギュッと抱きつくと、先生は私の耳元で囁いた。

「遙、君が欲しいよ」

新先生は私をベッドに押し倒し、膝裏に手をかけて大きく脚を広げた。

「新せんせぇ」

思わず甘ったるい声で呼ぶ私を見て、先生は懐かしそうに頬を緩める。

「久しぶりに聞いたね。遙の甘え声」

「だ、だって!!　で、でもこれは演技じゃなくて」

大慌てする私の頬に手を伸ばし、先生は目を細めた。

「わかってる。演技をしているときの遙と、そうじゃない遙ぐらい見分けられますよ」

最初からね、と耳元で囁いたあと、先生は再び私の中に入ってきた。

改めて訪れた快感に私は背を反らす。先ほどまではゆっくり動いていた先生だが、今度は勢いよく最奥めがけて動く。

高まっていく快楽に、甘い声と吐息を出すしかない。

「っあああ……フッ……シン、ああああっ！」

「っ！」

私が昇りつめたあと、少しおいて先生も達した。ドクドクと膜越しに熱いモノが放たれたのを感じる。

ハァハァと息を荒くする私を抱き寄せ、先生はチュッとこめかみにキスをした。

そして、ギュッと手に縋りつく私の頭を、大きな手のひらでゆっくりと撫でてくれる。

先生と抱き合ったあとの、この時間が大好きだ。愛されていると再確認できる時間でもあるから。

しかし、今の私はその甘い時間を堪能するだけの余裕がない。新先生からのプロポーズの返事を即答できなかったことに、胸がズクズクと痛んでいた。

どうして結婚できないのか、理由をキチンと話したい。

そう考え、ゆっくりと私の髪を弄ぶ新先生を見つめた。

「新先生……」

「ん？」

「先ほどの質問の答えなんですけど……えっと、その、なんですぐに結婚できないのか？　と聞かれたことについてです」

ポツリポツリと理由を話そうとすると、先生は静かに耳を傾けてくれた。

「前にも話したと思うけど、私、本当に家事が全くできないんです。奥さんらしいことできない」

出会って間もない頃、私は先生に嫌われようとして自分のトップシークレットをさらしていた。

そう、家事がてんでダメ。女子力は皆無だということをだ。

そのときの先生は「手取り足取り、僕が教えて差し上げますから。ご心配なく」と言っていた。だけど……

先生は私を腕の中から解放し、顔を覗き込んできた。彼は優しくて穏やかな笑みを浮かべている。

「前にも言ったかと思いますが、そんなこと気にしなくていい」

「気にしますよ！　さっきだって……私、先生の邪魔するだけで、何も手伝えなかった」

「誰にでも失敗はありますよ。僕だって、最初から料理ができていた訳じゃない。それこそ、何度も指を怪我（けが）したし、フライパンなんて何度焦（こ）がしたか」

恥ずかしそうに肩を竦めた先生はフッと笑い、私の頬に触れた。

「僕が教えてあげるから、心配はいらないよ？」

「……」

今回は料理だけだった。だけど、家事と言えば色々なスキルが必要になる。

もちろん、私はどれも壊滅的にできない。

この先、料理以外でも私の家事能力の低さを目の当（ま あ）たりにしたら……先生はそんな悠長（ゆうちょう）なことを言っていられるだろうか。

もちろん、女だけが家事をしなくちゃダメっていうことはないと思う。

今の時代、共働きだって多い訳だし、家のことはすべて女性がしなくてはならないというのはナンセンスだ。

だけど、だけどね。やっぱり世の男性は料理ができて、掃除も洗濯も完璧な女性に「おかえりなさい、貴方（あなた）♥」なんて出迎えられたら絶対に嬉しいはずだ。

それに、私だってそんな家庭的な女性になってみたい。

仕事で疲れた旦那様を労（いたわ）ってあげることは、小さい頃の夢でもあるからだ。

実の母親は早くに亡くなってしまったので、私はずっとおばあちゃんに面倒を見てもらっていた。

おばあちゃんが私の帰りをいつも待っていてくれたから、寂しさを紛らわせることができたのだ。

だけど、お父さんは時折とても寂しそうな顔をしていたことを今も覚えている。

お父さんは仕事から帰ってくると「ただいま、遙。いい子にしていたか？」と抱きしめてくれた。

そのあと、この世にいない愛する妻を目で探しては落胆するお父さんを見て、幼心に思ったものだ。

私が結婚したら旦那様のために美味しいご飯を作って帰りを待ちたい、と。

しかし、そんな願いとは裏腹に、残念ながら私の家事能力はゼロに等しい。いや、マイナスかもしれない。

自分で言っていて悲しくなるが、これが現実だ。

そんな私なのに、先生の言葉を鵜呑みにして嫁いでもいいのだろうか。

「遙。家事のことだけで僕との結婚を渋っているのなら、そんな必要はないよ？」

「先生……」

愛おしそうに私を抱きしめてくれる先生に甘えてしまいたくなったが、私は慌てて思いとどまった。

「いいえ、新先生の力は借りません！　私、一人前になるまでは先生のお嫁さんにはならない。ううん、なれない！」

グッと拳を握って宣言をする私を見て、先生は「全く、頑固なんだから」と呟く。私はそれを無視して彼に抱きついたのだった。

＊　＊　＊

帰宅後、私は弟の武を捕まえてあることを頼もうとしていた。

「姉さん、今度は一体どうした？　何をしでかしたんだ？　怒らないから、さっさと吐け」

姉が頭を下げるとき。それは家事をして何かを壊しただとか、汚くしただとか、とにかく何かをしでかしたときだということを武は心得ている。

だが、今日は違うのだ。私は顔を上げると武に手を合わせた。

「おお!?　今度は拝み始めた！　なんだよ、姉さん。そんなにとんでもないことをしでかしたのか？」

私が何かやらかしたのだと思いたいのか、この弟は。

どうしてすぐそうなるのよ！　と反論したくなったが、ここは我慢だ、我慢。

なんとしてでも武の協力を得なければ、私に未来はない。

グッと気を引き締め、私は口を開く。

「武、お願い。私に家事全般を教えてもらいたいの！」

「はぁ……？」

怪訝そうな武に事の次第を話すと、彼の顔はみるみる間に不機嫌になっていく。

どうしてそんな表情をしているのかわからないが、とにかくこれまでの経緯を説明し、もう一度頼みこむ。

「そういうことだから、武の協力が必要なのよ！」

きっと喜んでくれるはず。なんせ生活能力が底辺だと自他共に認める私が、自らの意思で家事をマスターすると言い出したのだ。

しかも、男性と結婚を考えるまでになった。

だが、武は眉間に皺を寄せて何も言い出さない。

「武？」

声をかけても反応はなかった。ただ天井を見上げて、口を真一文字に引き結んでいる。

一体どうしたのだろうか。

あれだけ私に「男はいないのか？」とか「しっかりした男性に面倒を見てもらえ」なんてお説教をしていたのに……

予想していた展開にならず、首を傾げる。

すると、武はようやく私の顔に視線を向けた。

もしかしたら感動のあまり、涙ぐんでいたのかもしれない。

ああ、なんて姉思いの弟なんだろう。思わず自分も涙ぐみそうになったのだが、武のひと言でカチンと固まった。

「姉さんは俺が面倒見るから、家事なんて覚える必要はない」

「へ？」

まさかの返答に目が点になってしまう。ポケッと口を開けていた私だったが、すぐに我に返る。

「はぁ？　何言っているのよ」

意図がわからず抗議する私に、武はフンと鼻を鳴らした。

「姉さんの彼氏って、この前会った人だろう？」

「ああ、うん」

武は一度だけ新先生に会っている。あれは一月、不審者にあとをつけられて怖くなった私が先生にSOSを出した日だ。

その際の武の様子を思い出す。そういえば先生を敵視している感じだった。

あのときは「本当に姉思いで心配症なんだから」と思っていたが、武の機嫌が悪かったのは新先生に不満があったからなのだろうか。

あ然として武を見つめると、視線が合った瞬間、肩を竦められた。

「黒瀬医院の院長だろ？　やめておけって」

「え？」

目を見開く私に、武は容赦なく言い放つ。

「すっげぇモテそうな男だったじゃん。浮気とかされるんじゃないか？」

「っ！」

「医者ってだけで女が寄ってくるよな？」

それには触れてほしくなかった。グッと唇を噛みしめる。

武の言う通り、新先生は今まで女性を寄せつけなかっただけで、かなりモテる人だと思う。

美形だし、開業医だし……そのステータスに目がくらんで近づく女性はきっといただろうし、これからだっているだろう。

そうなったとき、私はその女性たちに立ち向かっていけるのか。

新先生の気持ちを引き留めていられるだけの『何か』があるのか。

考え出すと不安で仕方がなくなる。だからこそ、私は家事を完璧にして女子力をアップさせ、先生にずっと私のことを好きでいてもらいたいと思ったのだ。

無言のまま俯くと、武は優しく声をかけてきた。

「黒瀬先生と結婚して、姉さんが泣くのは目に見ているし、それなら結婚なんてしなくていい」

「そんなこと……言わないでよ」

思わず涙声になってしまう。

先生に何度も結婚を打診されても断り続けてきたのは、家事ができないせいだけじゃない。

不安だからだ。これといって人より秀でたところがない私が、先生の気持ちを一生繋ぎ止めておくことができるだろうかと。

そのために、女子力だけでも向上させたいと思ったのだけど……

武は椅子から立ち上がり、システムキッチンの前に立つ。そしてケトルに水を張り、それを火にかけた。

「無理するな。姉さんは俺が一生面倒見てやるから」

「は？　何言っているのよ。一生って……そんなの無理でしょう？　武だっていずれは家庭を持つんだし」

武は戸棚からカップを取り出し、粉末のインスタントコーヒーをスプーンで入れながら私に背を向けて言う。

「俺、別に結婚しなくたっていいよ。いいじゃん、俺と姉さん二人でさ」

軽い口調だが、内容は全然軽くない。私は武に食ってかかった。

「何言っているのよ。ちょっと前までは〝早く結婚しろ〟って言ってたくせに！」

「気のせいじゃないか？」

気のせいで済ませる気か、武よ。

昨年末から年明けすぐまで、ずっと〝誰かいい人探せ〟ってうるさかったのに。なんだろう、この手のひら返しは。

私にお小言ばかり言っていたのは、自分が恋愛したかったからじゃなかったのか。

抗議しようとすると、ちょうど湯が沸いたらしくケトルがピーッとうるさく鳴り出した。

武は火を止めてケトルを持つと、カップに湯を注ぐ。

そんな武の背中を見ながら、私は口を開いた。

「いや、だって。武、好きな子がいるんでしょ？　前に恋愛したくてもできないとか言っていなかった？」

「別に。そんなこと言ってねぇし」

「はぁ!?　言ったわよ！」

目くじらを立てる私の前にコーヒーが入ったカップを置くと、武は向かいの席に座る。

「とにかく、俺は姉さんに家事を教えるつもりはない」

「なっ!?」

椅子から立ち上がって武を睨みつけたが、肝心の彼はチラリと私を見て言い切った。

「姉さんは我が家から出て行く必要なし」

以上、と言った武は、そのあとは取り合ってくれなかった。

ツーンと澄ましていて、私の話など右から左にスルーだ。

どうやら、武は私に家事を教えてくれるつもりがないようだ。

それなら自分一人でなんとかしなければ——そう思った翌日、本を買ってきて勉強をすることにした。だけど、なかなかうまくいかない。

とはいえ、自分一人ではどうにもならないことぐらい最初から予想済み。だからこそ、武にお願いしたいのに……

本当は早く家事ができるようになって、新先生のプロポーズにYESと返事をしたい。

だけど、はやる気持ちとは裏腹に、家事が一向に上達しなくて項垂れてしまう。

こうしてうまくいかず焦っていた私の前に、突然強敵が現れることになったのだ。

2

土曜日の午後二時。私は新先生にデートへ誘われ、黒瀬医院にやってきている。

午前中は診療をしていた黒瀬医院だが、午後は休診だ。

病院はとっくに終わり、患者さんは一人もいない。スタッフの姿もすでにまばらである。

肝心の新先生だが、学会に提出する書類が書き終わっていないとか。そのため、「三十分だけ待っていてください」と言われた私は、看護師長の君恵さんとスタッフルームでお茶タイム中だ。

そんな中、先ほどすれ違った見覚えのない看護師さんについて、君恵さんに尋ねていた。

「臨時パートさん、ですか」

「そうなの。ほら、間宮（まみや）さんってわかるかしら」

「ああ！　はい。お腹に赤ちゃんがいる」

先日、間宮さんとお会いしたときに「八ヵ月なの」と言っていたことを思い出す。

手を叩いて頷く私に、君恵さんは軽く笑った。

「ええ。それでこの前、産休に入ったのよ」

「じゃあ、出産はそろそろですね！　ああ、だから臨時の看護師さんが来ているんですか」

「そうなのよ。新しい方——高野さんは、間宮さんの穴埋め要員として来ていただいたの」

君恵さんに入れてもらったお茶を飲みながら、なるほどと相づちを打つ。

見覚えがなかったということも気になったのだが、実はもっと違うことで気になったのだ。

臨時パートとして来た高野さんは、スタイル抜群の美人だった。

スラッと背が高く、出るところは出て、くびれているところはキュッと引き締まっていて……

モデルさんじゃないのかと思うほど、キレイな人だ。

だからこそ、なんて言うかな……新先生の職場に、それも近くにキレイな人がいると思うと、心穏やかでいられない。

チラリと時計を見て、新先生の仕事が終わった頃かなぁと考えを巡らせていると、君恵さんはニマニマと楽しげに笑う。

「君恵さん？」

「いやーん、もう。二人ともラブラブなんだから。早く新先生に会いたいの？」

「っ！」

一気に顔を赤らめた私に、君恵さんはニヒヒと意地悪な表情を浮かべる。

「口止めされていたんだけどね。新先生ったら、午後は遙ちゃんとデートだからって朝から浮かれていたのよ」

「え!?　新先生が？」

「そう、新先生が。遙ちゃんと付き合う前の先生は覇気がなかったけど、ここ最近はすごく生き生きしているわ～。愛する女性ができると、こうも違うものかしら？」

うふふ、と意味深に笑う君恵さんが怖い。これ以上ここにいたら質問攻めに遭い、いらぬことまで言ってしまいそうだ。

「えっと。そろそろ新先生のお仕事終わったかもしれないから、診察室に行ってきますね」

「そうね、それがいいわよ～。じゃあ、二人で楽しい週末を！」

ニヤニヤと笑いながら手を振る君恵さんに引き攣った笑みを浮かべたあと、逃げるようにスタッフルームを出る。

スポーツジムで滝本さんたちにも同様の反応をされるが、まさか黒瀬医院でも同じことになるとは思わなかった。

苦笑いしつつ、私は診察室の扉をノックする。

どうぞ、という新先生の声が聞こえたので、私は診察室の扉を引く。

すると、そこには新先生だけでなく、先ほど話題に上がった高野さんがいた。

(ちょっと！　高野さん、近い！)

思わず先生と高野さんの間に入り込んで邪魔したくなるほど、二人の距離は近い。

仕事の話をしているのだから、そんな大人げないことはできないが、それにしても近かった。

私は入り口のそばから離れることができず、二人を眺めるしかない。

私が診察室に入ってきたというのに、高野さんは特にこちらへ関心を向けず、新先生に話しかける。

「あら、新先生。白衣のボタン、取れそうですね」

彼女は診察台の上に無造作に置かれた白衣を手にした。確かにボタンが一カ所取れそうになっている。

先生はそれを見て苦笑した。

「はい、あとでつけようと思って」

「それなら私がつけて差し上げますよ」

「いえ、これは自分でやりますので」

先生は止めたが、高野さんはキレイな笑みを浮かべた。

「すぐにできますから、ちょっと待っていてくださいね」

そう言って診察室を出ようとする高野さんに、私は手を伸ばす。

「ちょ、ちょっと待ってください！　高野さん。それなら私がやります！」

ボタンづけなんて絶対にできないくせに、私は叫んでいた。

だって、それは新先生の白衣。他の女の人に触ってもらいたくない。

わかっている、これは子供じみた嫉妬だ。でも、断固として譲らない、そんな思いを込めて高野さんを見たのだが、彼女はニッコリと満面の笑みで言い切った。

「私、裁縫得意なんです。カバンの中に裁縫道具もありますし、ささっとできますから」

「えっと、その」

「パパッとやっちゃいますね！」

そう言って一度診察室を出て行った高野さんだったが、裁縫道具を持ってすぐに診察室へやってきた。

彼女は先生の前にある椅子に座り、手際よくボタンづけをしていく。

私は未だに二人の近くに行きづらく、扉の前で突っ立ったまま高野さんの指先を見つめる。

「私がやります」と言った手前、高野さんから白衣を取り上げたかった。

だけど、それができない。

裁縫なんて学生時代にやったのが最後。それ以降、針と糸を持った覚えはない。

じゃあ学生時代に裁縫ができたかと言えば……残念ながらご想像通りの結果だった。

「できましたよ。ここに置いておきますね」

「ありがとうございます」

困ったようにほほ笑む新先生を見て、高野さんはフフッと軽やかに笑う。彼女は白衣をキレイに畳み、再び診察台の上に置いた。

屈辱。それ以外の言葉が浮かんでこない。

高野さんはこの黒瀬医院に来て間もない看護師さんだ。私と新先生の関係など知らないかもしれない。

だけど、私が看護師長である君恵さんとスタッフルームで話していたことは知っているだろうから、少し特別な立場だとわかっているはず。何よりこの場に私がいるのに、何とも思わないのだろうか。

(あ、ヤダ。私ったら……)

これでは嫉妬に燃える醜い女に成り下がってしまう。

裁縫ができないことを棚に上げ、親切心でボタンづけをした高野さんに対して辛辣になるのは筋違いだ。

ギュッと拳を握りしめて自分自身を恥じていると、高野さんは思い出したように持っていた紙袋の中から瓶を取りだした。

「この前、イチゴをたくさん頂いたのでジャムを作ったんです。是非、食べてみてください。スタッフの皆さんにはもう配ったんですよ」

片手に載るぐらいの小さな瓶には、イチゴジャムが入っている。その瓶にはお手製らしきタグも貼りつけてあり、雑貨屋さんに置いてあるもののように可愛い。

「そうですか。ありがとうございます」

新先生に手渡すと、高野さんは笑みを深くした。

そのあと、彼女は振り返り、ジャムの入った瓶を私に差し出す。

「渋谷さん、ですよね？　新先生の恋人の」

「あ、えっと……はい」

恋人と言われて恥ずかしがっていたところ、高野さんは私にジャムの瓶を手渡した。

「渋谷さんの分も作ってきたんですよ。食べてみてくださいね」

「あ、ありがとう……ございます」

彼女に手渡されたイチゴジャム。それを見て、ますます気分が落ち込んでいく。

高野さんの容姿はとてもステキだし、看護師ということで私なんかより新先生の仕事を理解している。その上、女子力が高いなんて、神様は絶対にえこひいきだ。

ギュッと瓶(びん)を握りしめて胸に渦巻くドロドロした気持ちと闘っていると、高野さんはカバンを手にして新先生に会釈(えしゃく)をした。

「では、先生。私はこれで失礼いたします」

「お疲れ様。来週もよろしくお願いします」

挨拶(あいさつ)をしている間に内線が鳴り響き、新先生は高野さんに会釈を返して電話を取った。

真剣な顔をして書類片手に電話をしている新先生を見つめていると、高野さんが帰る間際に私に囁(ささや)く。

「私、新先生を狙っていますから。自信がないようでしたら、潔(いさぎよ)く身を引いてくださいね」

「っ！」

慌てて振り返ったが、高野さんはすでに診察室を出てしまったあと。

カツカツと足音が遠くなっていくのを、私は呆然と聞くしかなかった。

どれぐらいその場に立ち尽くしていただろうか。

「遙？」

新先生の声で我に返った。

「あ……」

　彼が心配そうに私の顔を覗き込んでいる。こんなに至近距離にいたのに気が付かなかった。

「どうしたの、遙。ボーッとして。元気がないよ？」

「えっと、そのぉ」

「体調が悪い？　熱でもあるかな」

　先生が私のおでこに手を伸ばす。だが、私は咄嗟にその手を避けてしまった。

「遙？」

「ご、ごめんなさい。私……今日は帰ります」

「は？　え？　ちょ、ちょっと待って、遙」

　引き留めようとする先生の手をすり抜け、私は慌てて診察室を出ると黒瀬医院から飛び出した。

　高野さんからもらったイチゴジャムの瓶をギュッと握りしめ、無我夢中で走る。

　どこをどう走ってきたのか思い出せないが、気が付けば自宅のキッチンで息を切らして呆然と立ち尽くしていた。

　嫉妬と不安が私の心を蝕んでいく。脳裏に浮かぶのは、高野さんの勝ち誇ったような笑みだ。

私は高野さんみたいに大人の色気もなければ、ナイスボディでもない。

イチゴをたくさんもらったからとジャムを作ることもできなければ、白衣のボタンが取れかけていると気が付いてボタンづけをすることもできない。

その上、追い打ちをかけるように言われた、あのひと言。

『私、新先生を狙っていますから』

どうしよう、勝ち目なんかない気がしてきた。

先ほどから何度もスマホが鳴り響いている。恐らく新先生からだろう。

理由も言わず飛び出してきたのだ。とても心配しているはず。

早く電話に出て、どうして飛び出してきたのか、理由を言うべきなのはわかっていた。だけど、今は先生と話したくない。今、新先生の声を聞いたら、ドロドロした気持ちを叫んでしまいそうだからだ。

カバンをダイニングテーブルに放り、午前中に買ってきていた食パンを一枚お皿の上に置く。そして高野さんお手製だというイチゴジャムをたっぷりと塗った。

それを口いっぱいに頬張る。口元にいっぱいジャムがついたけど気にしない。

「美味(おい)しい……すっごく美味しい」

知らぬうちに涙がポロポロと零(こぼ)れていた。甘いイチゴジャムだったのに、少しだけしょっぱく感じる。

悔しくて悔しくて涙が止まらない。

アイライナーを引いた目をゴシゴシと擦る。パンダ目になることも構わず、私は何度も目を擦った。

だけど、涙は一向に止まる気配がない。

（やっぱり、先生のお嫁さんになる自信ない）

女子力も、見栄えも、そして仕事のことも。私は何一つとして高野さんに勝てていない。

そんな私が、新先生に捨てられるのは時間の問題なのかもしれない。

高野さんは、これから仕事のたびに先生に会うのだ。私がいない空間で、二人はどんどん心の距離を縮めていくのだろう。

そんなのイヤだ、と騒いでみても、急に女子力が上がる訳はなかった。

生まれながらの家事オンチである私は、どんなに努力しても高野さんに追いつかない。

「うっ……ふっ……」

グスグス泣いていると、玄関の扉が開く音がして「ただいま」という武の声が聞こえた。

こんなふうに泣いていたら心配をかけてしまう。

長い間泣いていたせいで目が赤いだろうし、鼻も赤くなっているはず。それにアイメイクもグチャグチャな状態かもしれない。

自分の部屋に逃げ込もうとしたが、一足早く武がダイニングへ来てしまった。

その場の雰囲気を素早く察知した武は、眉間に皺を寄せる。

「姉さん？　どうしたんだよ」

「えっと、何でもない」

慌てて視線を逸らしたけれど、肩を掴まれた。強引に武の方を向かされ、私は俯く。

「あの医者に泣かされたのか？」

「ち、違う！　そうじゃない！」

「それじゃあ、なんで姉さんが泣いているんだよ」

「……」

無言を貫こうとする私を椅子に座らせ、武は隣の椅子に腰を下ろす。

そして私の両手を握りしめ、顔を覗き込んできた。

「話してみろよ、姉さん」

「武……」

「俺じゃあ姉さんの気持ちを軽くすることができるかわかんねぇけど。悩みをぶちまけるだけでもスッキリするかもしれないだろう？」

「うん」

小さく頷いた私を見て、武は安堵のため息をついた。

男性である武に相談してみてもいいだろう。武と新先生は年齢がかなり離れているけど、同性ということで何か助言をもらえるかもしれない。

そう考えた私は、今日あった出来事や、女子力うんぬんのこと、そして弱音を零した。

すると、武は突然私を抱きしめる。

「た、武？」

あまりの出来事に、驚いて涙が止まってしまう。

子供のころ、私から武を抱きしめることはあった。

だけど、こうして二人とも大人になった今、抱きしめ合うことなどなかったのだ。

それに、武から私を抱きしめるなんて初めてじゃないだろうか。

武は私を腕の中から解放したあと、もう一度私の両手をキュッと優しく握る。

「姉さんは今のままで充分可愛いし、無理して家事なんてしなくていい」

「武？」

武はゆっくりと手のひらを広げ、私の手をまじまじと見つめる。

「こんなに手に傷を作って」

「あはは、もうヤダなぁ！　ぶきっちょすぎてイヤになるわよね～」

武が指摘する通り、私の手はここ最近家事の勉強中にこしらえてしまった傷だらけだ。

恥ずかしくて引っ込めようとしたが、それを阻止される。

「もう、無理しなくていい」

「で、でもさ。私だって家事できるようになりたいんだよ！」

むきになって反論する私を、武は冷静な目で見つめていた。

「急がなくたっていいって言っているの。人生は長いんだ。一つ一つ時間をかければ姉さんだってできるようになる」

武の言う通りなのかもしれない。だけど、私にはそんな悠長なことを言っている時間はなかった。

のんびりしていたら高野さんに新先生を奪われてしまう。もし、高野さんが新先生をゲットできなかったとしても、第二の高野さんが現れる可能性だって否定できない。

私は、大きく首を横に振る。

「それじゃあ遅いの！　高野さんに新先生を取られちゃう！」

取り乱す私に、武は冷たく言い放った。

「いいじゃん、そんな女に心変わりするような男。俺が絶対に認めない」

「武？」

私の手を痛いほどの力で握ってきた武の目は、とても真剣だ。

「俺はあんな男、絶対に認めない。姉さんは俺が一生面倒見てやるから」

「……」

「俺がどんな気持ちで……。家族になろうと努力したと思ってるんだよ」

「え？　何か言った？」

「いや……なんでもない」

「そう？」

聞き返したが、武は曖昧（あいまい）にほほ笑むのみでそれ以上は何も言わなかった。

昔から武は姉である私を心配してくれている。そんな優しい彼は、血の繋（つな）がりはないとはいえ、大事な家族に変わりない。

その可愛い弟が、ここまで心配してくれる。それだけで充分だ。

今度は、私が武の手を握り返した。

「ありがとう、武。でも、私は諦めないよ！　私の取り柄は元気だけだし。それがなくなっちゃったら新先生に嫌われちゃうからね」

涙の痕（あと）を消すように目を擦（こす）り、武から離れたときだった。家のインターホンの音が響く。

誰が来たのだろうか。立ち上がった私に、武は首を横に振る。

「姉さんは出なくていい。そんな顔して客に会うつもり？」

「そ、そうだった」

私の顔は今、とても人様に見せられるものじゃない。涙でグチャグチャ、目は真っ赤。目元は……かなり悲惨な状況だろう。

そんな私に武はフッと笑うと、頭をポンポンと優しく叩いた。

「顔、洗ってこいよ」

「うん」

来客は武に任せ、私は洗面所へ向かう。鏡で自分の顔を見たが、そりゃもう滑稽(こっけい)なほどに大変な状態だった。

フゥと息を吐き出したあと、パシャパシャと水で顔を洗う。こうなったらついでにメイクも落としてしまえ。

クレンジングを終えたとき、玄関から武の怒鳴り声が聞こえた。

慌ててタオルで顔を拭(ふ)き、ソッと玄関先を覗いてみる。

そこには新先生が立っていて、私は慌てて隠れた。

「帰れ。もう姉さんには会わないでくれ」

「それは、どういう意味でしょうか?」

新先生の硬い声が聞こえる。先生は、突然逃げ出した私のことを心配して家まで来たのだろう。

何度もスマホに電話がかかってきていたし、かなり心配してくれていたはずだ。

本当はすごく嬉しい。だけど……心の整理がついていない今、先生の前に出たら支離滅裂なことを言い、泣いてしまうと思う。それだけは避けたい。

ギュッとスカートの裾を握りしめながら、先生と武のやりとりを隠れて聞くしかできなかった。

「そのままの意味だ」

武の怒りが伝わってくるような、低い声だ。私は固唾を呑み、静かに聞き耳を立てる。

「姉さんは一生、渋谷の家から出さない。とにかく帰れ、目障りだ」

いつ、武が新先生に手を上げるかわからない。止めなくちゃと思うものの、なかなか一歩が踏み出せなかった。

一方的な武の言葉に静かに耳を傾けていた新先生だったが、落ち着いた声で反論し始める。

「それは、君が決めることではないと思う。僕と遥、二人で決めることだ」

「うちの姉さんを呼び捨てで呼ぶな！」

「……」

新先生が冷静な対応なのが癪に障ったのか、武はキツイ言葉を放った。

「俺の予想通り、やっぱりアンタは姉さんを傷つけた。もう二度とここには来ないでくれ」

その直後、玄関の扉が閉まる音が聞こえる。

慌てて玄関に顔を出すと、そこには武だけがいて、新先生はもういなかった。

気まずく、シンと静まりかえる玄関。

何も言えなかった私に、武は重々しく口を開いた。

「姉さん、もうあんな男に会う必要はない。うちにずっといればいいから」

そう呟いた武の声には、怒りが込められている。

未だに口を閉ざしたままで返事をしない私を見て、武は悲しそうに目を伏せた。

そして、武は二階にある自室へ駆け上がっていってしまう。

その背中を目で追ったあと、こっそりと玄関の扉を開ける。

そこにはもう新先生はいなくて、私は落胆なのか安堵なのかわからないため息をついたのだった。

3

「ねぇ、遥。新くんと喧嘩でもしたの？」

「な、な、なんでですか？」

持っていたおにぎりをコロロンとテーブルに落とした私は、慌ててそれを拾い、何事もなかったように頬張る。

モグモグとおにぎりを食べる私に、美玖さんは鋭い視線を送ってきた。

それに気が付いたものの素知らぬふりをして、ただおにぎりを食べ続ける。


休み明けの月曜。

週初めということで仕事は押していたが、美玖さんに連行され、こうして二人、食堂でお昼ご飯を食べている。

そんな中、美玖さんはすぐに私に尋問をし始めたのだ。そう、新先生とのことをだ。

あれ以来、先生からの連絡はない。実家に彼が来たあと、一度だけスマホが震えたがそれっきりだ。

私からも連絡をしていない。時間が経てば経つほど連絡しづらくなることぐらいわかっているのに、できないで現在に至る。

新先生はなぜこんなに私が頑(かたく)なになっているのか、全く見当がつかないはず。

だって、先生は何も悪いことをしていないのだから。

私が勝手に高野さんに嫉妬(しっと)をし、ドロドロした感情を持ったままでは会えないと避(さ)けているだけだ。

それにしても、新先生は美玖さんに何か言ったのだろうか。

気になるが、それを聞くことはできない。

とにかく怖いのだ。新先生がどんな反応を示すのか、想像するのも怖い。

モグモグと口を動かしつつも挙動不審な私を見て、美玖さんは深くため息をついた。

「昨日、新くんに用事があって電話したのよ。そうしたら、ものすごく怖かったのよねぇ」

「怖い？」

美玖さんの話を聞いて、ズキンと胸が痛んだ。

きっと、私のことを怒っていて機嫌が悪いのだ。

新先生を信用せず、高野さんに靡(なび)くんじゃないかと不安に思ったことも、女子力が高い高野さんにひがんでいることも恥ずかしくて言えない。

それこそ、どの面下げて言えばいいというのか。

ギュッと唇を噛みしめる私を見て、美玖さんはテーブルに肘をつき、そこに顎を載せた。

「一オクターブぐらいは声が低かった。で、何も悪くない私が尋問されたのよねぇ」

「尋問、ですか？」

なぜ、美玖さんが尋問を受けるはめになったのか。

全く理解できず首を傾げると、彼女は盛大に息を吐き出した。

「遙の弟くんについて」

「武？」

どうしてそこに武の名前が出てくるのだろう。それも美玖さんに武について聞くだなんてお門違いだと思うのだけど……

武のことは、実の姉弟ではないことも含めて色々話しているが、二人は直接対面したことはない。ちなみに、私たちの血が繋がっていないことは新先生も知っている。

不思議に思って美玖さんに問いかけると、彼女は肩を竦めた。

「そうよ。私に弟くんのこと聞かれてもわかる訳ないのに」

「でしょうね」

「で、新くんから聞かれたのは、恋敵の攻略がどうとか、こうとか」

「恋敵って……この流れからしてもしかして、もしかしなくても武のことですか？」

「ええ」

美玖さんはニマニマしながら、ご飯を一口頬張る。モグモグと口を動かし、ゴックンと呑み込むと意味深に笑った。

「とにかく新くんは遙の弟くんに嫉妬してるわよ、それもすっごく」

「嫉妬って……私たち姉弟ですよ？　嫉妬するだけ無駄なのに」

「そう思っていない人が約一名いるってこと。覚えておいた方がいいわよ」

美玖さんの言葉に唸ってしまう。

武があの日、先生を怒鳴って追い返したのは私のことを心配したからだ。

新先生について悩んでいた私を見ていたからこそ、私を庇ってくれた。

姉思いで心配症の武は、私に同情しただけ。それ以上でもそれ以下でもない。

なのに、どうして新先生は美玖さんにそんな相談をしたのだろうか。

それよりも、高野さんを問題視してもらいたい。

何もかも私より優れている女性が、新先生に近づいていることの方が絶対に危険だ。

「私の方が嫉妬で苦しんでいるのに！」

思わず出た愚痴を、美玖さんは聞き逃さなかった。

彼女はニヤリと口角を上げ、フフンと鼻を鳴らす。

「何よ。遙まで誰かに嫉妬してるの？」

「うっ……」

言葉に詰まる私に、美玖さんは苦笑を浮かべる。

「アンタたちは似た者同士ね」

「似た者同士？」

はて、と首を傾げると、美玖さんはプッと噴き出した。

「そうよ、似た者同士。相手のことが好きすぎなのよ」

「なっ！」

「端から見たらバカップルだわ。間違いなく」

そんなことはないと思うけど……、と言葉を濁す私に美玖さんは容赦なく言い切る。

「いいえ、間違いないわね」

「……」

ムーと唸りながら口を噤んだところ、美玖さんは目を細めた。

「何があったのか知らないけど、一つだけ確かなことがあるんじゃない？」

「確かなこと？」

私が目をパチパチと瞬かせていると、美玖さんはキレイな笑みを浮かべる。

「遙は新くんが好きで、新くんは遙が好きってこと」

美玖さんに今回のことについて詳しくは言っていないし、たぶん新先生もそうだと思う。それなのに、的確に状況を把握している。

やっぱり美玖さんは侮れない。

いつも助けてもらってばかりだ。

今、美玖さんから的確なアドバイスをもらって、スーッと気持ちが落ち着いてきた。

新先生と早く仲直りしたい。そう強く願っている自分がいる。

だけど、美玖さんにアドバイスをもらったにもかかわらず、その後もなかなか行動に出ることができなかった。

無情にも時間が過ぎていくだけで、根本的な解決にはまだまだ遠い。

気が付けば今日は土曜日。先生と連絡を取らなくなって一週間が経ってしまった。

朝起きてから、自室でかれこれ一時間はスマホと睨めっこをしている。

こんな行動をこの一週間に何時間ぐらいしただろうか。覚えていないほど長いことしているのは確かだ。

早いところメールでも電話でもすればいいのはわかっている。充分にわかっている。

それができないのは、先日の新先生と高野さんのやりとりが頭から未だに消えないせいだった。

「先生ってば、デレデレしちゃってさ！　何だって言うのよ！」

言ったそばから、ばつが悪くなってガックリと落ち込む。

新先生は、別に高野さんにデレデレなんてしていなかった。

あの日は、高野さんが一方的にアプローチしていただけ。そして、私が勝手に嫉妬していただけである。

私はどんなに努力してもなかなか家事全般ができないのに、何でもそつなくこなしそうな高野さんに劣等感を抱いていただけだ。

新先生に八つ当たりするのは、それこそお門違いというもの。

こうしてウジウジしている間にも、高野さんは新先生にアプローチを続けているのかもしれない。

高野さんと新先生の距離がどんどん近づいているというのに、私はここで嫉妬に悶えているだけでいいのだろうか。よくない、全然よくない！

それに、こんなふうにどんより落ち込むのは性に合わなかった。

こういうときこそ身体を動かすに限る。ここ一週間、新先生に会うかもしれないと思ってスポーツジムに行くのをやめていたが、今日は顔を出すことにした。

とりあえず、午後からジムへ行こう。そこでたっぷり泳いでストレス発散をしよう。

それに今日の午後からなら、うまくいけば診療を終えた新先生に会うことができるはず。

私とゴタゴタしている今、先生がスポーツジムに来るかどうかはわからない。

だけど、ちょっとの可能性でも賭けてみたい。

それが臆病な私ができる、唯一のことだ。

「よし、そうと決まればジムに行く準備をしよう！」

＊＊＊

意気揚々とジムにやってきた私だったが、残念ながら肩すかしを食らってしまった。

滝本さんをはじめ、いつものメンバーには会うことができたが、新先生に会うことはできなかったのだ。

ただいま午後三時過ぎ。まだまだ外は明るいから一人で帰っても怒られないだろう。

以前、事件に巻きこまれたこともあり、これ以上遅くなると新先生たちに怒られるし、何より自分自身も怖い。

もちろん、この明るい時間でも人通りの多い道を歩くつもりだ。間違ってもあの暗がりの道を歩くつもりはない。

受付スタッフに挨拶をしたあと、大きなトートバッグを片手にスポーツジムを出る。

（やっぱり会えなかったかぁ……）

大きくため息をついた私は、自宅への道を歩き出した。

面と向かって謝りたかったし、どうして私が土曜日に逃げ出したかについても聞いてもらいたかった。

「やっぱり……今すぐ先生に会いたい」

歩みを止め、私は身体を方向転換させる。そして、自宅とは真逆である春ヶ山駅に続く道を歩き出した。

まずは、黒瀬医院に行ってみよう。もしかしたら先生がいるかもしれない。

もし、いないようだったら電話をして……

どうやったら新先生に会うことができるか。そんなことをツラツラ考えていると、とんでもない光景が視界に飛び込んできた。

「え……どうして？」

駅前の交差点で信号待ちをしているカップルが見える。腕を組み、とても親密そうな雰囲気だ。

そして次の瞬間、二人はチュッとキスをかわした。

街中でキスをするカップルを見かけることはままある。いつもならちょっぴり居たたまれなくなって視線を外すだけだけど、この二人からは視線を外すことができない。

信号が青になり、こちらに向かってそのカップルが歩いてくる。

女性の顔がしっかりと確認できた瞬間、私の疑心は確信へと変わった。

私は弾かれたようにカップルに近づき、声をかける。

「高野さんじゃないですか⁉」

「渋谷さん！」

高野さんは目を大きく見開き、かなり驚いている様子だ。口元をわななかせ、何か言いたげだが声になっていない。

私は眉間に皺(しわ)を寄せ、高野さんと男性の腕を指し示す。

「どうしてこの男性と腕を組んでいるんですか？」

「えっと、これはその……」

明らかに挙動不審な彼女を見て、ますます眉間に力が入る。

先週、高野さんは私に言ったはずだ。

新先生を狙っている、だから手を引け、と。

そう言った本人がなぜ別の男性と腕を組んでいるのだろう。それも街中でキスだなんて大胆すぎる。

ジッと見つめていると、彼女は男性に断りを入れ、私の腕を掴んだ。

「ちょっと来てください、渋谷さん」

「え？　ちょ、ちょっと！」

高野さんに強引に腕を引かれて、私は物陰に連れ込まれてしまった。

彼女と一緒にいた男性も困惑している様子で、私たちを離れた場所で見つめている。

しかし、困惑しているのはこちらも同じだ。

やがて高野さんは私から離れ、突然手を合わせて頭を下げてくる。

目を見開いていると、彼女はばつが悪そうに眉を下げた。

「お願い、渋谷さん。何も言わずに、ここを去ってくれませんか？」

「去ってくれって……」

全く意味がわからない。高野さんの必死の形相を見て、私は首を傾げる。

納得するまでは動かない、そう思って高野さんをジッと見つめていると、やっと彼女は説明する気になったようだ。

周囲は人でごった返しているので、私たちの話し声も聞こえにくい。

こうして話していても、大きめな声で話さないと聞きづらいほどだ。

それなのに高野さんは人に聞かれたくないのか、ぼそっと呟いた。

「え？」

声が小さすぎてわからず、私は聞き返す。

すると、高野さんは涙目になり、大きな声ではっきりと言った。

「今の人、私の旦那なんです」

一瞬、高野さんが何を言っているのか理解できなかった。

旦那って……高野さんは結婚しているというのか。やっと理解できた私は声を荒らげる。

「え？　は……はぁ!?　旦那さんがいるのに、新先生に手を出そうとしていたの!?」

あまりに驚きすぎて大声で叫んでしまった。慌てて口を押さえる私の前で、高野さんはばつが悪そうにしている。

「ちょっとしたでき心というか、刺激が欲しかったというか」

この性悪人妻……!!

刺激が欲しかったというだけで、新先生に近づいたのか、この人は。

新先生に対しても失礼だし、何よりあそこで心配そうに私たちを見つめている高野さんの旦那さんにもとても失礼だ。

私の中で、ブチッと〝何か〟が音を立てて切れた。

高野さんを壁に追い詰め、彼女の顔の横にバンッと手を突く。

彼女は慌てふためいているが、知ったことではない。

これ以上ないぐらいきつく、私は彼女を睨みつけた。

「二度とあんな真似をしないで」

言葉をなくし、目を大きく見開く高野さんに、私は容赦なく言い放つ。

「もし、今度新さんにちょっかいを出すようなら」

「っ」

「許さないから！」

キレイだと思っていた高野さんが全然キレイに見えない。

私は彼女の何を見ていたのだろうか。勝手に敵視して、嫉妬して……バカみたい。

新先生が女性不信に陥ったのは、こういうことがきっかけなんだろう。

自分の前ではいい女を演じて、陰では何をしているのかわからない。

新先生はそういうのを一番嫌うのに。

また、彼にそんな嫌悪感を抱かせたくない。

壁に突いていた手を離し、ギュッと唇を噛みしめて目の前の彼女を睨みつける。すると、高野さんは私の背後を見て真っ青になって逃げていった。

急にどうしたのだろう。私はまだ、彼女から新先生に手を出さないという言質を取っていないのに。

高野さんを追いかけようとした途端、背後から誰かが抱きついてきた。

ビックリして飛び跳ねる。直後、耳元で囁かれた声は、私が聞きたくて仕方がなかった人の声だった。

「遙、格好よすぎ」

「へ？　あ、あ、新先生？」

私を背後から抱きしめる新先生のぬくもりは感じるけど、顔は見えない。

それに、恥ずかしくて振り返ることはできなかった。

もしかして、もしかしなくても……私と高野さんのやりとりを聞いていたのだろうか。

恥ずかしさでカーッと身体が熱くなる。たぶん項（うなじ）の辺りとか、耳とかが真っ赤かもしれない。そう考えると、ますます身体が熱くなってしまう。

声にならない叫び声を心の中で叫んでいると、先生は私をもう一度ギュッと力強く抱きしめた。

「さっき〝新さん〟って言ってくれただろう？」

「っ！」

「嬉しかったよ、遙」

耳元で囁（ささや）かないでほしい。新先生は羞恥（しゅうち）に悶（もだ）える私を一度解放し、身体を自分の方に向かせた。

グッと近くなった彼の顔を直視するのはどうしても恥ずかしくて、私は顔を隠す。

「えっと、その……どうしてここに？」

「ジムに来れば、遙に会えると思ったからね」

「え？」

顔を覆っていた手を下ろし、先生を見つめる。すると、彼は困ったように苦笑した。

「何度か渋谷家にも足を運んだんだけど、弟くんが会わせてくれないし。遙は徹底してメールにも電話にも反応してくれない。唯一、遙に会うことができる場所といえばスポーツジムしかないでしょう？」

「新先生」

ばつが悪くなって視線を泳がせる私に、新先生は茶目っ気たっぷりの笑みを浮かべた。

「ジムに行ったら、受付スタッフさんが教えてくれましたよ。遙は今、帰ったばかりだって」

「……」

「まだジムの近くにいるだろうと辺りを探しているときに、遙と高野さんを見かけたんだ」

見つかってよかった、とほほ笑む先生に、私はチラリと視線を送る。

「ジムのスタッフさん、私の行動をすべて新先生に伝えるように徹底されていません？」

「気のせいでしょう」

絶対に気のせいじゃない。滝本さんといい、ジムのスタッフさんといい……新先生に味方しすぎじゃないだろうか。

今度会ったら不満を言おうと心に誓っていると、新先生は急に笑みを消し、真剣な表情で私の顔を覗き込んできた。

「で？　どうしてあの日、デートをすっぽかして帰ってしまったんだい？」

「うっ……」

「今日の高野さんとのやりとりと、何か関係していると思ったんだけど。違うかな？」

どうやら新先生にはお見通しらしい。ここで言い繕うのが最善策だとは思えない。

それに今日は正直にすべて話して、新先生に許しを乞おうと決めていたのだ。

私はギュッと拳を握りしめ、先生を見上げた。

「私、高野さんに嫉妬していたんです」

「嫉妬？」

不思議そうな顔をしている新先生を見て、高野さんの正体を言おうかどうしようかと迷う。でも、隠していても仕方がない。

私は意を決して、口を開いた。

「えっと……高野さんなんですが」

やっぱり言いづらい。高野さんがした行為は、新先生が一番嫌うことだ。

裏表のある女性との接触が、彼の女性不信の原因だった。

再び女性不信になったらどうしようと不安が込み上げる。

だが、私の不安をよそに新先生は困ったように眉を下げて笑った。

「高野さんが既婚者だということは知っていましたよ。それに、彼女に色目を使われて僕が靡くとでも思ったんですか？　心外ですね」

「知っていたんですか？」

「知っていますよ。彼女を黒瀬医院の臨時スタッフとして雇ったのは僕ですからね？」

「あ、そうか」

納得である。そんなことにも気が付かなかった私は、どれだけ嫉妬に溺れていたのだろう。

冷静に考えればわかることだったのに恥ずかしい。

視線を泳がせていると、先生は私を抱き寄せてきた。

「ほら、遙。この際だから、不満や不安は言ってしまいなさい」

「新先生」

「全部受け止めますから」

先生の優しくて朗らかな笑みを見ていたら、視界が滲んできてしまった。

慌てて彼の胸に顔を埋める。先生のシャツを握りしめ、私は涙声で呟いた。

「高野さん、ボンキュッボンでスタイルいいし、美人だし、女子力ありまくりだし。あのイチゴジャムは美味しかったし……今思えば人妻特有の色気もあるし。気が回るし、家事仕事だって完璧そうだし。私にはないもの、いっぱい持っていて悔しかったの！」

言っていて悲しくなってきた。家事が全くできない私にとって、高野さんのような人にはコンプレックスを刺激されてしまう。

ギュッと先生に抱きつくと、堪えきれなくなって涙がポロポロと零れた。

新先生は私をゆっくりと引き離し、涙でグチャグチャの顔を覗き込んでくる。

「僕は可愛くて元気があって、僕のために啖呵を切ってくれる優しい遙が一番好きです」

「で、でも！　私、新先生に何もできない」

グシュグシュと鼻を啜る私の頭を、新先生はその大きな手のひらで撫でてくれた。

「何かをしてもらいたくて遙と結婚したいなんて言っていませんよ？」

「で、でも」

反論しようとする私の唇に指を置き、彼は首を横に振る。それ以上は言うな、という意味だろうか。

グッと押し黙る私を見つめ、先生はフッと小さく息を吐く。

「じゃあ逆に聞きますが、遙は何かをしてもらうために僕といるのかい？」

「そんなことない！　ただ、新先生のそばにいたいだけ」

勢い余って声を大きくした私に、先生はフフッと嬉しそうに笑った。

「僕も一緒です。僕が唯一遙にしてもらいたいことは、僕の隣にずっといること、それも一生ですよ」

「新先生」

再び涙で視界が滲(にじ)んできた私は、先生に縋(すが)りついた。

肩を震わせ泣いていると、ギュッと抱きしめてくれる。

「それにしても、さっきの遙。すごく格好よかった」

「さっき?」

顔を上げてグスグス鼻を鳴らしながら聞くと、先生は私の頭に触れた。

「追いかけてみたら遙が啖呵を切ってたからビックリしたけど。ステキでしたよ」

「もう、言わないでください」

新先生の目を見ていることが恥ずかしくて、私は彼の胸におでこをコツンと当てた。

すると新先生は、ゆっくりと私の頭を撫(な)でる。

「以前、甥(おい)っ子の昌明が遙のことをカッコいいと言っていましたが、そのときはちょっとだけ疑問に思っていたんですよ。でも、これで納得です。さすがは我が甥っ子。遙のこと、よく見ている」

「へ?」

「昌明は遙を嫁にもらうつもりでいるようですが、絶対に阻止してやります」

真剣な口調で言う先生が可笑しくて、噴き出してしまった。

「何言っているんですか。まぁ君は、まだ幼稚園児ですよ？」

クスクスと笑い続ける私に、新先生は至極真剣な声で言う。

「いえ、幼稚園児と言えど男に違いありませんからね。今のうちにライバルを蹴落としておかなければ」

「大人げないですよ」

「それで結構。僕は大人げないですから、甥っ子に負けるのは悔しいんです」

「もう、新先生がまぁ君を敵視してどうするんですか」

可笑しくて顔を上げて笑うと、先生は私の両頬を手で包み込んだ。

先生の顔を見たら笑えなくなってしまった。彼は、とても真剣な目をして私を見つめていたからだ。

「昌明が知らない遙を、もっと知りたい」

「新……せんせい？」

行こう、と私の手を握り、新先生は歩き出した。それも早足なので、私は付いて行くのに必死だ。

余裕がなさそうな背中を見つめて、私はただ彼に従った。

4

新先生に手を引かれて連れてこられた先は、黒瀬医院の二階。新先生の居住スペースだ。

玄関の鍵をジャケットのポケットから取り出して扉を開くと、先生は私の腕を掴んで中へ促(うなが)した。

背後でバタンと扉が閉まる音がしたと思ったら、その扉に背中を押しつけられる。

「遙。僕は君のことが好きすぎて……おかしくなってしまいそうだ」

「新先生？」

まっすぐに私を見つめる先生の目には、淫靡(いんび)な炎が灯されたように見えた。

ドクンと胸が大きく高鳴って、身体中が熱くなる。

情熱的な瞳が近づいてきてすぐ、先生の唇が私の唇を捕らえた。

「つふ……んん！」

悩ましい吐息と声が玄関に響く。先生のジャケットの裾に触れ、ギュッと握りしめる。

「遙……」

柔らかい感触を味わう暇も与えられず、ただ彼の唇に翻弄され続けた。先生とキスをするのはこれが初めてじゃない。それなのに、初めてキスをされたときと同じように胸が張り裂けそうなほどドキドキしている。

先生の舌が私の舌に絡みついた瞬間、腰の辺りがズクンと疼く。立っていられなくなるほど感じてしまった私は、膝をガクガクと震わせて彼に縋りついた。

すると、先生はやっと唇を離して、嬉しそうにほほ笑んだ。

「今すぐここで遙を抱きしめたいけど……おいで」

「ちょ、ちょっと！　新先生。靴、脱いでないです」

強引に引っ張っていこうとする新先生を窘めつつ、靴を脱ぐ。すると私の顔を覗き込んできた彼の唇が頬に触れた。

だが、それで終わることはなかった。

先生は私の髪をかき上げ、露わになった首筋に唇を這わせ始めたのだ。

ゾクリと背筋を走る快感に、私は呼吸を荒くする。

慌てふためいていると、先生は唇の動きを止めて眉を下げた。

「ごめんね、遙。君と一緒にいると、今まで見たことがない自分に遭遇して……穏やかではいられなくなる」

苦笑いを浮かべたあと、彼はフフッと思い出し笑いをする。

不審顔の私に、先生はもう一度笑う。

「僕のこと、草食系男子なんて誰が言ったのかな」

「え？」

「遙に対しては、完全なる肉食系だろう？　いや、猛獣系かなぁ？」

内容は穏やかなものじゃないのに、口調と先生の表情はいつも通りほんわかだ。

そのギャップに胸がキュンキュンしている私は、先生によろしく食べられたいと思ってしまっていた。そんなこと口が裂けても言えないけど。

それでも、私はちょっぴりでも気持ちが伝わりますように、と彼の指に自分の指を絡ませる。

一瞬動きを止めた先生だったが、指が絡み合ったまま腕を引っ張り、唇で指に触れた。

チュッ、チュパッと先生が私の指を舐(な)める音が玄関に響く。

私の指に舌を這わせたり、口に含んだりと、彼は私の快楽をこじ開けようとする。

声が出そうになるのを必死で堪(こら)え、私は先生がキスをする様(さま)を見つめ続けた。

指だけの愛撫(あいぶ)なのに背筋に電流が走り、身体が震える。

黒瀬医院の二階、居住スペースには新先生だけが住んでいる。誰もいないと知っていても、誰かに見られるんじゃないかとドキドキしてしまう。

それがわかっていつつも……いや、わかっているからこそ先生は指への愛撫を止めない。

突然、誰かが玄関の扉を開けてしまうかもしれない。そのスリルを味わいながらの愛撫は、心を淫らに乱していく。

指の愛撫だけじゃ物足りない。もっともっと私に触れてほしい、そんな気持ちを込めて「先生」と呟いた。

きっと今の私は、物欲しげな表情をしていることだろう。

頬に赤みが増す感覚を覚えつつ先生を見つめ、零れ落ちそうになる甘い声を我慢するしかできない。

「ねぇ、遙。もっと僕を欲しがって?」

「え?」

ニッコリとほほ笑む先生はいかにも何か企んでいそうで、私は危険を察知して後ずさろうとした。だけど、彼がしっかりと手を握っているため、それはできなかった。

ジッと私を見つめている先生の目は、「ほら、早く言ってごらん。欲しいって言って」と、催促しているように見える。

（私に求めるのは酷というものですよ、先生）

恋愛から長く遠ざかっていた期間が長すぎる私に、そんな高度な技は無理だ。

フルフルと首を横に振ると、先生はクスクスと意地悪な笑い声を零した。

「いつもはとびきり元気なのに、こういったことに対しては大人しくなってしまうんですね」

「ダメですか？　こんな私、嫌い？」

嫌いって言わないで、と懇願に近い気持ちで見上げると、先生は深く深くため息をつく。

「この小悪魔」

「え？　な、なに？」

意味がわからず慌てふためいていたら、先生に腕を引っ張られて寝室へ連れ込まれた。

そのままベッドに押し倒され、先生が覆い被さってくる。

少しだけ髪を乱した先生は、胸がドキドキしてしまうほどカッコいい。

サラサラの髪がレースカーテンから差しこむ光に当たって輝く。それがとてもキレイで見惚れてしまう。

先生に魅入っている私に、彼は真顔で言った。

「計算して僕に近づく女は今までたくさんいましたが、遙はもっとたちが悪い」

「え⁉　それってどういう意味ですか？　先生、私のこと嫌いなの？」

ズキンと胸の奥が痛んだ。顔を歪めると、新先生は私の耳にキスをした。

突然の甘い刺激にビクッと震えれば、彼はクスクスと楽しそうに笑う。

「違いますよ。遙は計算なんて全くしないのに、僕を誘惑するんですから」

「なっ！」

困った子です、と囁いたあと、先生は身体を起こしてジャケットを脱ぎ捨てた。

彼は私のふくらはぎに手を伸ばし、いやらしい手つきで撫で上げる。

ビクッと身体を揺らす私を見て、先生は真剣な眼差しで口を開く。

「さぁ、遙。小悪魔な君に、僕だって対抗しなくちゃね」

「小悪魔じゃないです！　対抗なんてしなくていいです！」

先生、その貼りつけたような笑みがとっても怖いです。

ベッドの上で叫び声を上げる私を、先生はキスをすることで身も心も捕らえた。

「遙の唇は甘くてずっとキスしていたくなる。それに、肌はすべすべだよね」

「あ……んん！」

先生の手がニットワンピースの裾に入り込み、そのまま胸の辺りまでたくし上げた。

それをすぐに直そうとしたのだけど、止められてしまう。

「邪魔しちゃダメだよ、遙」

「何言っているんですか！」

慌ててニットワンピースを着直そうとすると、先生は私の両手を掴んでシーツに縫いつける。

抵抗する間もなく、彼の唇が私の胸に触れた。

音を立ててキスをしたあと、チロチロと舌で舐められる。

ゾクゾクする快感が背を走り、私は思わず甘い声を上げた。

「ふぁ……んん！　やぁ」

早くワンピースを直したいから手を離してほしいのに、私の手首は先生によってシーツに縫いつけられたままだ。

唇と舌の愛撫に、腰が震えてしまう。声だって抑えられない。それなのに、先生はまだ私を苛めようとする。

「遙の身体は、ほどよく引き締まっていて健康的だね。触れれば柔らかくて、ずっと触っていたくなる」

「ちょ、ちょっと！　新先生、ストップ！」

何よ、これ。甘ったるい言葉のオンパレードじゃないか。

直接的な愛撫プラス、言葉攻めだなんて。耐えられる訳がない。

羞恥に悶える私を見下ろし、先生はまだ言葉を紡いでいく。

「遙の声は心地よくて好きだ。僕を見つめるその黒目がちな目も愛くるしい」

「っ！」

「いつもは可愛らしい雰囲気なのに、エッチのときだけ妖艶（ようえん）になるだなんて反則だ。僕をどうしたいの？」

「もー！　ストップしてー！」

ギャンギャン騒ぎ立てても、先生は私の言うことなど全然聞いてくれない。

「まだまだ僕は言い続けるよ」

「な、なんでー！」

抗議する私に、先生はニッと意地悪く笑う。

「遥が自分の可愛らしさに気が付くまで、ずっとね」

「なっ！」

それは……ずっと言い続けるということでしょうか。

残念ながら私の可愛らしさなど、見つけられるとは到底思えないんですけど。

口をパクパクさせる私が面白かったのか。先生はプッと噴き出したあと、目を細めて口角を上げた。

「初めて遥を抱いたときを覚えていますか？　あのときの言葉攻め。まだ言い足りなかったんですから」

「うわわわ――！」

真っ赤になっているだろう顔を見られたくないから手で隠したいのに、未だに先生は手首を離してくれない。

　こんな状況で、私はこの羞恥心（しゅうちしん）をどう解消すればいいのか。

　頭を振って恥ずかしさを紛らわせようとするが、そんなことしても無理なものは無理だ。

「これ以上は勘弁してください〜」

　懇願（こんがん）する私に、新先生は満面の笑みを浮かべた。その笑みが怖すぎる。

　口元をひくつかせる私に、先生は容赦なく言い捨てた。

「無理です。もっと、僕に可愛い遙を見せてくださいね」

「鬼！　悪魔ー！」

「おや、悪魔は遙ですよ？　草食系だった僕を、猛獣系にしてしまうのだから」

「っ！」

　アワアワと奇声しか発せない自分がもどかしい。

　そんな私の背中に手を添え、新先生は起こしてくれた。されるがままに起き上がってみたけど、何をするの？

「はい、バンザーイ」

　きょとんと目を白黒させていると、先生は優しげにほほ笑んで私を促（うなが）す。

「え？　あ、はい」

　思わず腕を上げたところ、ワンピースを脱がされた。

　ついでにインナーまで脱がされてしまった私は、ブラジャーとショーツという下着姿だ。

　慌てて手で身体を隠す私を見て甘ったるい笑みを浮かべた先生は、自らも服を脱いでいく。

　新先生も昔からスポーツジムに通っているだけあって、身体が引き締まっていてとてもキレイだ。

　つい見惚れていた私だったが、着ていたものをすべて脱ぎ捨てた新先生を見て動揺する。

　そして視界に入ったのは、すでに硬くなった雄々しいモノ……

　慌てて枕に顔を埋めると、頭上からクスクスと笑い声が聞こえる。

　本当にエッチのときの先生は意地悪だ。全然草食系じゃない。

　本人は猛獣系と言っていたが、あながち嘘ではないと思う。

　ムッとして顔を上げれば、先生は恍惚とした表情で私を見下ろしていた。

「何を恥ずかしがっているんです？　何回も見ているでしょう」

「み、み、見てません」

　いや、実は見ている。だけど、こんなにくっきりはっきり間近に見たのは初めてかもしれない。

そういえば、と今の状況を思い出す。

まだ日も暮れていない午後。ジムを出たのは三時過ぎだったから、五時にもなっていないだろう。

そんな明るい部屋の中で、先生の裸身を拝むことになれば、挙動不審になるのも仕方がないはず。

先生は私の隣に寝転がり、耳元で囁いた。

「嘘つきですね」

「嘘じゃないです！　こんなに明るいところでは見てません！」

「あはは、そうですね。ごめんね、遥。君があんまりに可愛いから夜まで待てないんだ」

「っ！」

殺し文句の連発に、とうの昔にドロッドロに甘く蕩けてしまった私の身体は、先生を求めて疼く。

そのキレイな肌に触れたくて身体を反転させたあと、先生の胸板に唇を寄せた。

「好きです……先生」

「っ！」

「新先生の近くにいる女の人、全員に嫉妬してしまうぐらい……好き」

私の口からは、今までの自分なら絶対に言わないであろう素直な気持ちが飛び出した。

もちろん恥ずかしさが込み上げてくる。だけど、後悔はしていない。だって本当の気持ちだから。

チュッと胸板に再びキスをすると、先生はガバッと勢いよく起き上がり、私を押し倒してきた。

彼の目には余裕という文字はなく、ギラギラしているように思う。

「せ、先生？」

艶っぽすぎる雰囲気を纏い、先生はフッと意味深に口角を上げる。

「ねぇ、遙。もう黙っていた方がいいよ？」

「へ？」

「僕の理性、今すり切れたから」

「なっ……ええ!?」

これは危険だ。今の先生には、近寄らない方がいい。

色々な意味で危険を察知した私は逃げ腰になる。だが、先生はそれを許してくれなかった。

「っふ、んんん!!」

先生の唇が、私の唇を食んだ。

ビックリして声を出そうとしたが、口を開いたその瞬間、口内に先生の舌が進入してきた。

その淫らな動きに、私はもうされるがままだ。

先生の舌は私の舌を探し出し、逃がさないと言わんばかりに絡めてくる。

そのたびに、ビクッビクッと身体が震えてしまう。快感に正直な私の身体に、先生はきっと気が付いている。

何度も何度もキスをし、深く深くと求められた。舌を絡ませ、ジュジュッと音を立てながら唾液を吸われ……キスだけで気持ちよくなってくる。

「舌を出して、遙」

「っ」

唇を離した先生は、私に優しく、そして淫らすぎる命令をする。

恥ずかしさで悶えてしまうけれど、快楽に素直になった私は刃向かうことなどできない。

言われた通りにおずおずと舌を出すと、彼の舌がそこに絡んできた。

途端、下腹に甘い疼きがもたらされる。

「可愛い、遙」

私に甘く囁き、先生はブラジャーとショーツを取り除いてしまった。

身体を丸めて彼の視線から逃げようとしたのだが、先生はすぐさま私の胸に手を伸ばし、感触を楽しむように揉み出した。

「あ……ぅ、ああん……ふぅんん」

甘ったるい声しか出てこない。そんな私を見下ろし、先生は目を細める。

その仕草がとてもセクシーで、下腹から何かが蕩け出してきそうだった。

「まだ触れていないのに、ここは硬くなって立っているね」

「せ、先生……言わないで」

イヤイヤと首を横に振ったが、先生はニッコリとほほ笑むだけで止めてはくれない。

キュッと胸の先端を摘まみ、指の腹で捏ねるように刺激をしてくる。

それだけでも刺激が強すぎてどうにかなりそうなのに、先生は唇を近づけ、硬くなった胸の先端を口に含んだ。

先ほど私の舌をこれでもかと甘く蕩けさせた動き。それを胸の先端にも与えられ、痺れるほどの快感を我慢できずにシーツを蹴った。

先生の舌は捏ね回すみたいに、そこをねぶり続ける。それもわざとらしく音を立てながら愛撫されたら堪らない。

「あ……ダメ！　新、せん……せぇ」

制止の声を聞いてくれるつもりは皆無らしい。

片方の胸は口で可愛がられ、もう片方の胸は大きな手のひらで愛撫される。

どちらも甲乙つけがたい刺激をもたらし、私はもう……気持ちがよすぎて涙目だ。

「もっと、遙を乱したい」

「こ、これ以上は――！」

無理だと叫ぼうとした瞬間、先生の手は茂みに進入してきた。

そして、その長い指でゆっくりと円を描くように動き出す。

クチュッという粘着音が聞こえ、身体中が熱くなってしまう。

「遙のここ、すごく温かい。ずっと、触れていたくなる」

「あ……あっ……やぁ」

「その声も可愛い。全部、僕のモノだ」

「はぁ……ん……ふぁ」

先生の指は真っ赤に充血しているであろう、一番敏感な蕾に触れる。

ビクッと腰が震え、その瞬間蜜が蕩け出した。思わず羞恥で顔を伏せる。

「遙のここも、たっぷり可愛がってあげるから」

「え？」

あまりの気持ちよさに夢うつつな私は、反応が遅れた。

先生は私の腰を持ち上げると脚を大きく開かせる。そして、蜜でテラテラと濡れている蕾を舌で愛撫し始めた。

「きゃっ……あ……ああ……！」

何度も舌で舐め上げ、転がされる。その淫靡すぎる光景が恥ずかしくて、私は目に涙を浮かべてしまう。

こちらも愛してあげなくちゃね、と先生が手を伸ばしたのは胸だった。

ツンと尖った頂を指で何度も捏ね回し、時折キュッと摘む。両方の頂に与えられる異なった刺激は、私をさらに淫らにするほどの威力がある。

ひっきりなしに甘い啼き声を漏らしてしまう。手の甲で口元を塞いだが、刺激が甘美すぎて声を抑えることは不可能だった。

やがて、胸を弄っていた手が、蜜が滴る場所へと移動する。そして、一本、二本とナカに指を入れて、何度も出し入れをし出した。

「もう、ダメ。そんなにしちゃ……ああ……ああんん！」

瞼の裏が白く弾ける。ビクッビクッと身体を震わせた私は、そのままベッドに力なく寝そべった。

ハァハァと呼吸を整えている私の耳に、先生は甘ったるく囁く。

「気持ちよかった？」

「う……」

これに、「はい、気持ちよかったです！」と正直に答えることができるだろうか。

私は無理、絶対に無理。視線を逸らして、この回答から逃げるしかできない。

新先生には正直な気持ちを言おうと思っていたのだが、これだけは無理だ。

ひたすら無言を貫く私に、彼はフゥと悲しげなため息をついた。

「そうですか、気持ちよくなかったですか」

「え……？　いや、えっと、その！」

「そうですか……」

声が沈んでいく先生に慌てた私は、身体を起こして首を横に振る。

「き、き、気持ちよかったです！」

「本当？」

ヤダ、先生。その上目遣いは反則です。

年上なのに、時折可愛くて仕方がなくなる。キュンと胸が高鳴ったじゃないか。

「本当に本当ですってば！　すっごく気持ちよかったです」

「イッちゃった？」

「イキました！」

すっかり先生に絆された私は断言してしまった。そのあと恥ずかしさで身悶える。

だが、後悔してもすでに遅いかもしれない。私は、先生を見上げてギョッとした。

「あ、あ、新先生？」

「何ですか？　遙」

先ほどまでの可愛らしい御仁はどこへやら。

ニッコリとほほ笑んでいる先生だが、不穏な空気を漂わせている気がする。私の気のせいだろうか。

「何ですか、はこちらの台詞です」

すかさず反発する私に対し、先生は目を光らせた。

「いえ、もっと可愛い遙が見たいなぁと」

「は、はぁ……」

なんだかヤバイ気がする。これで終わりにしましょうか、と逃げてしまいたくなった。

だが、私はもう知っているのだ。先生の手によって女になった私は、あの快楽を覚えている。

同時に、新先生がエッチのとき、ちょっぴり意地悪になるということも。

頬を引き攣らせていると、新先生は天使のような笑みを浮かべた。

「さて、遙。問題です」

「は、はい……」

「今、ここに五個のコンドームがあります」

「えっと、はい。大事ですよね、それ」

「そうですね、大事です。子作りは計画的に、ですから」

私の肩に手を置き、ほほ笑む先生が纏う空気がどす黒い気がする。

ヒィ、と小さく叫ぶ私に、先生は穏やかに口を開いた。

「本当はこれをつけず、そのまま入れてしまいたいところですが。それは、いささか早急すぎますよね」

「ええ、思いとどまってください。お願いします」

コクコクと勢いよく、深く頷く。すると、先生は私の肩をグッと押してベッドに押し倒してきた。

彼は箱からコンドームを一つ取り出し、口に咥える。そして片方の手でパッケージを破ると、それを装着し始めた。

「遥との結婚は順序よく、楽しく、幸せに進めていく所存ですからね。子作りはまだ先です」

「そ、そ、そうですよねぇ」

怖い、怖すぎる。新先生、絶対に何か企んでいるよ。

ダラダラと冷や汗が背中を伝う中、先生は艶やかにほほ笑む。

「まず、今は遙に色々な意味で正直になってもらいましょう」

「へ？」

「ついでに、その頑固な気持ちを解きほぐせるといいんですけどね」

「頑固？」

何のことだろうと首を捻った私に、新先生は苦笑した。

「家事ができるまで僕とは結婚しないっていうやつですよ」

「あ！」

「さぁて、コンドームいくつ目でその頑固な考えを捨てることができるのか」

「……えっ！」

「僕の腕、次第でしょうか？」

フフッと意味深に笑う先生は不穏だけど、とてもステキだった。

いやいや、今はそれどころじゃない。

〝家事ができるまで結婚しない〟うんぬんを私が覆さない限り、無理矢理にでも〝結婚します〟と言わせるつもりなのか、先生は。

何か企んでいるとは思ったが、まさかそんなことを考えていただなんて！

「先生、それは卑怯です」

「いえ、これは僕なりの策ですから。大丈夫、遙を愛することに違いはありません」

そんなことしなくても私には先生しかいないのに。どうしてこの人は、その辺りを理解してくれないのか。

確かに、家事ができるまで結婚しないなんて、私が頑なに言ったせいでもあるのだけど。

私は、真剣な面持ちの先生を見て苦笑いを浮かべる。

家事ができるまでと思っていたけれど、今さらどうでもよくなってしまった。

元々、新先生は何もできなくてもいい、僕が教えてあげると言っているのだ。

それなら、それに従うのも一つの道だ。一歩ずつ精進していけばいい。

それに、これが原因で先生と仲違いするのは本望ではない。

今は後先考えず、先生の胸に飛び込んでしまおう。私は本心を叫んだ。

「えっと、その……結婚しますから！」

「え？」

先生の目が点になった。急に無表情になったので、こちらが心配になってしまう。

カチンと固まった先生は、唇を震わせた。

「今……なんて？」

「ですから！　私、新先生と結婚したいです。でも、でもですよ！　本当に家事全くできませんから。そこで幻滅しないでください！」

「……」

「先生？　新先生？　大丈夫ですかー？」

おーい、と身体を揺すってみても、ビクリともしない。

何度目かの声かけで、やっと先生は目をパチパチと瞬かせた。

「本気ですか？」

「は？」

「ですから、僕と結婚すると」

全く可笑しな人だ。自分からあんなに積極的に、それも脅しまで入れておいて今さらそれはないだろう。

「本気ですよ。っていうか、先生。本当に幻滅しないでくださいね。返品は不可です。クーリングオフもないですからね！」

口を尖らせた私を、先生はガバッと勢いよく抱きしめてきた。

あまりの力強さに慌ててしまう。

「ちょ、ちょっと。新先生？」

「返品なんてする訳ないでしょう。クーリングオフ？　馬鹿な。そんなマネする訳がない！」

「っ」

「もう、君を……誰にも渡さない」

再びベッドに押し倒されて膝を大きく割られたあと、そこに先生が入り込んできた。

これから起きる甘く蕩けてしまう時間を思い、私は期待で胸がはち切れそうになる。

先生、と囁き、彼の頬に手を伸ばす。その手首を掴み、手の甲に頬ずりをしてくる先生が愛おしい。

「遙、僕は君を大事にする。一生……君を離さない」

「新先生」

「遙と出会ってから驚くことばかりだ。君に会うたびに、どんどん好きになっていく。こんな感情を女性に抱く日がくるなんて思いもしなかった」

彼はチュッと手の甲にキスをしたあと、私の腰を掴んだ。

「遙が好きだ。君しかいらない」

ゆっくりと、私の中心に向かって先生が入ってくる。

蜜がたっぷり滴っているそこは、すんなりと先生を迎え入れた。

初めは痛くて痛くて仕方がなかった行為なのに、今では先生が中に入ってくるのを心待ちにしている自分がいる。

キュンと子宮が疼いて、先生を受け入れたまま震えた。

じんわりと先生の体温を確かめられる、この瞬間がとても好きだ。一つになれた喜びを感じる。

「ゆっくり動くから、気持ちいいところを教えて？」

優しい声に誘導され、私はコクコクと何度も頷く。

先生の腰の動きは、じれったいぐらいにゆっくりだ。だけど、私の隅々まで味わおうとしていることが伝わってくる。

それが幸せで、ひっきりなしに喘ぎ声を上げてしまう。

「ここがいい？　それともここかな？」

「やっ……そんな、お医者様みたい」

診察をされている気分になり、私はカッと顔が熱くなる。

その様子を見て、先生はクククッと笑う。

「だって、僕は医者だしね」

「そ、そうだけど！」

「遥のいいところを知らなくちゃ。患者の身体を知ることは、医療において重要なことだよ？」

「だから！　今は診察中じゃないですってば！」

「フフ、遥は僕が一生かけて診てあげるから」

なんですか、そのエロすぎる発言は。やっぱりエッチのときの新先生は意地悪だ。

フイッと視線を逸らしたのだが、快感が押し寄せてまたすぐに新先生を見つめてしまう。

「っやあ‼　……んんっ！」

「ここですね？」

ゆっくりとした動きで中を刺激されていた私は、ある一点を突かれて思わず甘い声を上げてしまった。

それが合図とばかりに、彼の腰の動きが一気に加速していく。

「やっ……そこばっかり！」

「でも、ここが気持ちいいんでしょう？　それならいっぱい突いてあげなくちゃ」

グチュグチュと蜜の音を部屋に響かせながら、先生の動きはさらに激しくなっていく。

「やっ！　ダメ、ダメってば……せん、せぇ」

私の甘ったるい声に新先生は嬉しそうに目を細める。

だけど、腰のスライドを止める気はないらしい。

猛獣系男子の名に恥じぬ、激しさだ。

新先生の荒い息づかい。時折聞こえる吐息を聞いて、私はドキドキが止まらないままだ。

先生の汗が飛び散る。それがすごくセクシーで、キュンと子宮が収縮してしまった。

今の状態だけでもすぐにイキそうなのに、新先生はもっと私に快感をくれるらしい。

先ほど散々長くキレイな指に愛撫(あいぶ)してもらっていた蕾(つぼみ)に、再び刺激が与えられる。

「せ、せんせぇ……もぅ、ダメ……ああんんん！」

フワッと身体が浮く感覚が私を包む。

背を反らしてシーツを握りしめると、新先生は呼吸を荒らげながら私の名前を呼ぶ。

「遙っ……」

それがとても愛(いと)おしくて、ステキで……カッコいい。だが、そんなことを考えていられたのも最初だけだった。

最奥を何度も突かれ、耐えられないくらいの甘い疼(うず)きを身体中に感じる。

声が出ないほどの快感に、私は先生の腕を強く握るしかできない。

再び訪れた切なすぎる甘さに、私は身体を反らした。

「フッ……んん！　あああああっ！」

「っ」

先生の動きが止まり、ゴム越しに熱いモノが放たれるのがわかった。

彼と私は、呼吸を整えながらギュッと抱きしめ合う。

気持ちいい疲労と幸せを感じていると、私の耳元で新先生は囁(ささや)いた。

「婚約と同時に、一緒に住みませんか？」

「え……？」

「いえ、籍を入れてしまいましょう。あとからゆっくりと式の準備をすればいい。そうすれば弟くんも諦めるし、僕は遙とずっと一緒にいられる」

ぬくもりを感じて穏やかな気持ちになっていたのに、先生は相変わらず早急に結婚をしたいらしい。

どうして、そこまで焦っているのだろうか。

私としては恋人期間も楽しみたいし、婚約、結婚とある程度時間をかけて噛みしめたいと思っているのに。

「えっとですね、先生」

「それがいい。そうしましょう」

暴走する先生を止めようとしたのだが、彼は聞いていない。

私は大きく息を吐き出し、ギュッと先生を抱きしめた。

「新先生。どうしてそんなに私との結婚を焦っているんですか？　それに武のことを敵視していますよね？」

「……」

「確かにあの子は神経質になって私をガードしているけど。ただ、私を心配してくれているだけですよ？」

諭すように言うと、耳元で盛大なため息が聞こえる。

新先生は、起き上がって私を見下ろした。

「遙は何もわかっていませんね」

「へ？」

一体どういう意味なのか。小首を傾げる私に、先生は苦笑した。

「早いところ捕まえなければ、弟の武くんが力ずくで君を外に出さなくなる」

「えっと……。あの子、過保護というか。すごく心配症なだけですよ？　先生が心配するようなことはこれっぽっちもない、ない」

笑い声を上げながら何度も手を顔の前で振る。だが、新先生はますます渋い顔をした。

「まずは武くんを攻略しなければ、遙との結婚話は立ち消えになると思っていましたが……」

「ですから、その心配は――」

再び説明しようとしたが、先生の手が私の唇を覆い、強引に話すことを止められてしまう。

「まぁ、いいでしょう。気が付かなければいいことですから」

「は？　私には新先生が言いたいことが少しも理解できませんけど」

頬を膨らませ、ギロリと先生を睨む。すると、彼はクスクスと楽しげに笑った。

「理解しなくて結構ですよ。ただ……」

「ただ？」

きょとんとして先生を見上げると、彼は目を細めてほほ笑んだ。

「僕の遙への気持ちだけは理解してくださいね」

「え？」

「愛してる、遙」

「え、え？　ちょ、ちょっと。新先生？」

私はそのまま先生に組み敷かれ、再び甘く切ない声を上げることになったのだった。

＊　＊　＊

五月晴れ（さつきば）でとても気持ちがいい、休日の土曜日。

今日は洗濯物と格闘しようと、洗濯機の前で本を片手に唸（うな）っている。

最近、書店で『どんなぶきっちょでも家事をこなせる本』なるものを購入したのだ。

図解あり、丁寧な説明あり、写真もありと家事能力マイナスの私にも優しい本である。

執筆してくださった先生方、本当にありがとうございます。

おかげで、家事をマスターすると意気ごんでいた当初よりは、少しは上達したと思う。

たぶん、恐らく。

先日、武に「新先生と結婚します！」宣言をし、ますます家事のお勉強に力を入れ始めたのだが、やっぱり武は私に家事指南をするつもりはないようだ。

今日も今日とて、一人で奮闘中である。

「えっと……まずは洗濯物の選別？　ん？　どういうこと？」

白シャツとデニムを手に取り、首を傾げていると背後から声がした。

「ほら、洗濯する前に色物と白い物を分けないと大変なことになる」

「そ、そうなの？」

「ああ。その白いシャツ。青色に染めたい？」

それは困る。ブルブルと首を横に振った私は、武を見つめる。

今まで私に家事を教えてくれなかったのに、どうしたのだろう。

ビックリして目を見開いていると、武はばつが悪そうに視線を逸らした。

「姉さんが……」

「え？」

「姉さんが嫁ぎ先で怒られないように、弟である俺がしっかりたたき込んでやるから」

そう言ってそっぽを向き、洗濯機に洗剤を入れる武の頬は、真っ赤だ。

その背中に「ありがとう、武」とお礼を言うと、ますます頬が赤くなった。

ふいに、エプロンのポケットに忍ばせていたスマホが着信を知らせる。

慌ててポケットに手を突っ込み、スマホを確認すると新先生からの電話だった。

スマホをタップして、電話に出る。

「新先生？　どうしましたか。今、学会の最中じゃ」

今日は黒瀬医院を休診にし、隣の県で行われている学会に行っているはずだ。

驚く私の耳に、相変わらず穏やかな声が響く。

『ええ。今は休憩時間なんです』

「そうなんですね！」

先生の声を聞くことができるなんて思っていなかったので、心が躍る。

『遙の声がどうしても聞きたくて、我慢できなくなって電話してしまいました。今、大丈夫でしたか？』

「はい。今、武に教えてもらいながら洗濯の勉強を」

すると、新先生は低い声で呟いた。

『武くん……ですか』

なんとも歯切れが悪い。新先生は武に対し、まだ敵視している節がある。

あれだけ心配無用と言ったのに、新先生の心配は消えないらしい。

困ったなぁと苦笑していると、武にスマホを奪われてしまった。

「ちょ、ちょっと！　武。返しなさいよ」

「この電話、あの先生からだろう？」

「そ、そうだけど。もう、武！」

私の制止を振り切り、武は電話に出てしまった。

とにかく不穏な空気が漂う。何を話しているのだろう。

きっと電話の向こうにいる新先生も不機嫌になっているはず。これはマズイ、絶対にマズイぞ。

なんとかスマホを武から奪おうとしたのだが、なかなか取り上げることができない。

その間にも、武は何やら先生と話し込んでいる。

「ってことで、先生。姉さんがしっかりと家事ができるようになるまでは、俺が責任を持って指導に当たりますから。アンタは黙っていてくださいね」

(何を言い出した、弟よ)

私は何とか先生の反応を知りたくて、スマホに耳を近づけた。

『いいえ、武くん。遙のことは僕に任せてくれればいいんですよ。生憎うちの親戚の女性陣は揃いも揃って家事が苦手で、すべて旦那に任せている状態。遙がとやかく言われることはないのでご心配なく』

どちらも引く気はないのか、いがみ合っている。

この二人はこれからもずっと喧嘩腰なのだろうか。全く頭が痛い。

「喧嘩するほど仲がいいっていうけど」

私の呟きが、武と電話越しの新先生に聞こえてしまったらしい。

新先生が、クスクスと楽しげに笑う声が聞こえる。

『ええ、そうです。武くんとは色々わかり合える仲になれるだろうと思っていますよ』

「誰がアンタなんかと！」

電話の向こうで意味深に笑う新先生と、不機嫌な様子で叫ぶ武。

相変わらずの二人に、私はため息をついた。

「えーと、洗濯機回すわよ」

武にお伺いを立てたのだが、彼は未来の義兄との言い合いに夢中になっていて返事をくれない。

きっと、新先生もここぞとばかりに反論しているのだろう。簡単に想像がついてしまう。

私は大人げない男二人に笑ったあと、洗濯機の開始ボタンを押した。

（さあて、可愛くて働き者の花嫁さんになるべく頑張ろうかしら！）

今度のデートは、新先生のお家でお料理の勉強をさせてもらおう。でも、先生はすぐにエッチなことをするから勉強になるだろうか。

「先生、もうちょっとだけ待っていてね」

未だ武と電話で言い合いをしている新先生に、私はクスリと笑った。

書き下ろし番外編

甘すぎる誘惑の仕掛け方

(え？　え!?　遥!?)

ここは診療開始前の黒瀬医院、受付前。

受付で業務の準備をしている自分の妻を見て、僕——黒瀬新の胸はドクンと一際高く鳴り響いてしまう。

遥は結婚後、勤めていた会社を辞めて黒瀬医院の受付事務をしてくれている。

今月初めから働き始めたので、かれこれ二週間が経っただろうか。

遥は元々黒瀬医院に通う患者さんに顔見知りが多く、年配の患者さんから可愛がられている様子だ。

子供たちにも慕われているようで、診察を終えた子供たちが遥に手を振って帰っていくのを何度も見かけている。

もちろん、仕事はキッチリとこなしてくれるので、スタッフからの評判も上々。遥の夫として鼻が高い。

そのことを遙本人に伝えると『身内びいきしすぎ！』と頬を赤らめて照れていた。

その様子がめちゃくちゃ可愛くて萌えたのは言うまでもない。

結婚する前も可愛かった遙だが、僕の妻になってからはますます可愛らしさに磨きがかかったように思う。

遙にそのことを言えば『身内びいき!!』と再び叫んで頬を膨らませながらも照れるはずだ。想像しただけでも可愛くて悶えてしまう。

今は診療開始三十分前。そろそろミーティングを行おうとして受付を覗いたのだが、遙を見かけて衝撃を受けた。なんと、遙が眼鏡をかけていたのである。

眼鏡をかけた遙を初めて見たが……いい!!　可愛い!!

ずっとこのまま彼女を見つめ続けていたいなどと思ってしまう。

自分は遙のように〝眼鏡フェチ〟ではないつもりでいたのだが……。自分でも知らなかった性癖を発見して驚きが隠せない。

ドキドキしてある種の興奮が湧き上がってくるのを感じながら、僕は診察室と受付を繋ぐ通路で棒立ち状態だ。

しかし、遙はパソコンのディスプレイにかじりついているので、僕の異変にはまだ気がついていない。

遙が眼鏡をかけ、長くなった髪を一つに結わえている。項が見え隠れして、とてもセクシーだ。そして、我が黒瀬医院のスタッフユニホーム——薄いブルーのワンピース型のナースウェア——を身に纏っている。

その姿だけでも可愛らしくて毎日ドキドキしているというのに、眼鏡をかけた遙を見て心臓の鼓動が一際高鳴ってしまった。

毎日毎日妻に恋してしまう自分。好きな気持ちに限りはないのだな、とここ最近は特に思っているところだ。

そんなことを遙に言ったら、恥ずかしがって逃げ回ってしまいそうなので絶対に言えないのだけど。

遙が眼鏡をかけることにしたのは、きっと数日前の僕との会話がきっかけだと思う。

リビングでソファーに寝転びながらファッション雑誌を見つつ、遙は感嘆のため息を零していた。

『眼鏡って素敵だよねぇ。新先生は眼鏡かけなくなっちゃったしなぁ』

『ん？　眼鏡フェチの血が騒ぐ？』

『べ、別にそういう訳じゃないけど……。ねぇ、新先生はもう眼鏡かけないの？』

『んー、だって遙にキスするとき邪魔でしょう？』

『もう！　そんなことばっかり言うんだもん』

ふくれっ面をして顔を赤らめた遙に、僕は一言ポロリと呟いたのだ。

『眼鏡フェチなら、まずは自分が眼鏡をかけてみれば？　かけてみるとわかると思うけど、眼鏡って邪魔なときが結構多いよ？』

『そうかなぁ……』

そのときはそのまま話は流れたのだが、僕の一言がきっかけで遙は眼鏡をかけてみたくなったのかもしれない。

視力がいい遙のことだ。きっと今かけているのはブルーライトカットメガネだろう。

それにしても、眼鏡の威力は凄まじい。眼鏡を侮ってはいけないと身に染みた。

眼鏡フェチを開花させた――とはいえ、今まで眼鏡をかけた女性を見てもドキドキしなかったから、遙限定だとは思うが――僕は、ジッと遙を見つめ続けてしまう。

どれだけ長い時間見ていても飽きない。これは、なかなかいい！

うんうんと独りごちていると、背中をバンッと勢いよく叩かれた。

ようやく我に返った僕の目の前には、看護師長の君恵さんが仁王立ちをしている。

怒っている様子ではあるが、口元がニヤニヤと笑っていた。かえって大変恐ろしい。

それに周りを見回すとスタッフ全員が揃っていて、呆けている僕を見て苦笑いを浮かべている。

慌てて背筋を伸ばして気を引き締めようとする僕に、君恵さんはチクチクとイヤミを言ってきた。

「遙ちゃんを熱い視線で見つめるのは、仕事が終わってからにしてくださいね」

「……スミマセン。妻が可愛すぎて、つい」

素直に謝る僕を、遙がギロリと睨みつけている。これはあとでお小言がありそうだ。

なんとかミーティングを終わらせたあと、遙は僕に近づき小声で非難してきた。

「新先生のバカ！　皆の前で、あんな恥ずかしいことを認めないでよ！」

眼鏡をかけて真っ赤な顔で叫ぶ遙もなかなかいい。僕は、すっかり開き直ってニッコリとほほ笑んだ。

「新妻が可愛すぎるのがいけないんですよ」

「っ!!」

悪びれもせずに言い切る僕の背中を、遙は先ほどの君恵さんのようにバシッと叩いてきた。

「新先生のバカッ!!」

プリプリ怒りながら受付に入っていく遙の後ろ姿を見て、僕は腕組みをしたあとに思わず呟く。

「ナース服を着て、眼鏡をかける遙は文句なしで可愛かったけど、怒らせても可愛いな」

結局、愛妻がどんな格好をしても、どんな表情でいても、最後にはすべて〝可愛い〟

になってしまうのだ。

もう、ここまで来れば重症である。自分で思わず苦笑してしまった。

自分もたまには眼鏡をかけて遙を喜ばせようか。そんなことを考えたが、すぐにその考えを打ち消す。

もともと医者としての威厳を出したいがために伊達眼鏡をしていただけで、視力が悪い訳じゃない。

遙にも話したが、眼鏡は邪魔になるときもあるからだ。

「また、今度にしようかな」

遙の前で眼鏡をかけてあげればいいだけだ。普段は必要ないだろう。

そのときは「家で久しぶりにかけてみようかなぁ」と思ったのだが、それを実行に移すことはなかった。

だが、僕はあとで後悔することになる。

身近に伏兵がいたことを。そして、そいつは遙のフェチを刺激する〝眼鏡男子〟だったことを。

＊　＊　＊　＊

（ようやく帰ってきた……我が家だ）

黒瀬医院の二階、自宅玄関の前でカバンの中から鍵を取り出しながら、この二日間に思いを馳せる。

今週の土曜、日曜は他県で行われる学会に出席するため、黒瀬医院は臨時休診にして僕一人で行ってきた。

たかが二日。時間にしてみれば、大したことのない長さだ。

だが、結婚後はずっと一緒にいた遥とたった二日間とはいえ、離ればなれになる。

そのことがこんなにも憂鬱になるなんて思ってもみなかった。自分でもビックリだ。

玄関先で出かけることを渋る僕に、遥は呆れ顔で肩を竦めていた。

『もう、新先生！　しっかりお勉強してきてくださいね！』

勉強はする。医師として常に向上心を持つことは必要だ。

遥と離れることになるのは正直辛いが、そこは医師としての志を優先する。

きっぱりと答えた僕に対し、遥はフッと柔らかい笑みを浮かべた。

『うん。お医者様している新先生……格好いいから。頑張って』

玄関の扉を開いていた僕が、再び遥のもとに戻って熱烈なキスをしたのは仕方がないことだ。可愛すぎる遥が悪い。

まさに溺愛だ。遥のことが、可愛くて、可愛くて仕方がない。一時も手放したくなくなるのは、どうしようもないことだろう。

遙と出会ってから、僕自身が知らなかった自分に遭遇することが多くてビックリしている。だが、悪くはない。むしろ、いい。すごくいい。

そんなふうに妻を溺愛している僕が大人しく学会に出て、遙と二日間離れて過ごした。是非、褒めていただきたい。

遙が喜びそうなお菓子をお土産にし、はやる気持ちを抑えながらたどり着いた我が家。玄関の鍵を開け、久しぶりの——僕的には、一日千秋の思いがした——我が家に入った。

インターホンを使って遙に玄関を開けてもらうことを考えたが、とにかく早く遙に会いたかった僕は靴を脱ぐ時間も惜しいとばかりにリビングに駆けていく。

だが、そこで異変を感じた。どうやらリビングに誰か来ているようだ。

来客の予定は、遙から聞いていない。突然の来客なのだろうか。

リビングの扉を開いて中のお客さんに声を掛けようとしたのだが、その手を止めた。

「遙ちゃん。ほら、そこに手を置いて」

「え、え……。ここ、ですか？」

「そう。うん、上手だよ」

来客はどうやら男性のようだ。それも、何やら意味深な会話を繰り広げている。それも楽しそうな雰囲気だ。

ドアノブを持つ手が震えてしまう。僕の知らない男と遥はとても仲が良さそうである。遥に限って浮気をしているはずはない。そう思いたいし、信じている。だけど……手に汗が滲み出ているのを感じながら、音を立てないよう慎重に扉を開く。

隙間を作り、真っ正面にあるリビングに視線を向ける。だが、そこには遥と来客らしき男はいなかった。

今度は視線を横に移し、キッチンの辺りに向ける。

そこには背の高い男と遥がキッチンに立ち、仲がいい様子でしゃべっていた。

男は背を向けているため、顔を見ることはできない。しかし、遥の顔はしっかりと見ることができた。

「っ！」

思わず息を呑んでしまう。遥がとても楽しそうにその男に笑いかけていたからだ。

それも、心なしか頬が赤く染まっているような気が……？

これ以上、見知らぬ男に向かってほほ笑む遥を見ていたくなくて、僕はわざと音を立ててリビングの扉を勢いよく開けた。

すると、キッチンに立っていた遥は目を大きく見開いて驚いたが、すぐに花が綻んだように可愛らしい笑顔を向けてくる。

「あ！　新先生！　お帰りなさい」

パタパタとスリッパの音を立てて僕の方へと走り寄ってくる。その様子は、とても嬉しそうにも見える。

犬ならちぎれんばかりに尻尾を振っているような感じだろうか。

そんな反応を見せてくれたことに、僕は心底安堵した。

もし、万が一。遥が浮気相手を我が家に連れ込んでいたとしたなら、恐らく後ろめたい気持ちになって必死にこの状況を隠そうとするだろう。だが、その様子は一切見られない。

では、なぜ遥は僕の知らない男を我が家に上げたのか。それも、仲良くキッチンに立っていたのか。

「新先生？」

遥の声でハッと我に返る。心配そうに僕の顔を見上げている遥を見て、戸惑う気持ちを隠せない。

一方の遥は、僕がいつもと様子が違うと肌で感じたのだろう。遥はますます不安そうな目で僕を見つめてくる。

戸惑っていても仕方がない。現実を受け止めるべきだ。

最悪な事態は免れているであろうが、なぜ遥はあの男を見て頬を赤らめていたのか。

あの男は誰なのかを問いたださなければならない。

浮気ではなさそうだが、どうしても嫉妬心を抑えることができずにいる。

不安げに瞳を揺らしている遙に、僕は質問を投げかけた。

「遙。これは一体……」

何を聞かれているのかわかっていない様子の遙は、何度か瞬きを繰り返している。

僕は焦れてもう一度聞こうとすると、どこからかプッと噴き出して笑う声が聞こえた。

その笑い声がした方向を見ると、そこにはダイニングテーブルに座って肩を震わせる美玖がいたのだ。

「もー！　新くんってば。なにをそんなに心配そうな顔をしているのよ」

「み、美玖!?」

なぜかそこには従妹の美玖がいて、腹を抱えて笑い出した。

「はー、もうウケるわぁ。新くん、遙が浮気しているとでも思ったんでしょう!?」

「っ！」

図星を突かれて言葉を呑み込んだ僕を見て、美玖はますます笑う。

ひぃひぃと苦しそうに笑っている美玖を呆然と見つめていたが、なんだか腹が立ってきた。

不機嫌な様子を隠すこともせず、美玖に近づいて見下ろす。

そんな僕を見て、ようやく美玖は笑いを止めた。

「そんなに怒らないでよ、新くん。新妻が自分の従弟（いとこ）と料理していたぐらいでヤキモチ焼かないの」

「従弟？」

「あれ？　気がついていなかったの？　久しぶりにお兄ちゃんが日本に来たから、ここに遊びに来たんだけど？　ねぇ、お兄ちゃん」

　美玖がキッチンの方に向かって声をかけると、その男は苦笑いを浮かべてリビングへとやってきた。

「啓介（けいすけ）」

「よぉ、新兄ちゃん。久しぶり」

　そこには、久しぶりに顔を合わせる従弟が眼鏡のブリッジを押し上げながら立っていた。何年ぶりだろうか。

　寺島啓介。フランスでパティシエをしている彼は美玖の兄であり、僕の従弟でもある。

　僕より二つ年下の啓介は、数年前からフランスのホテルでパティシエをしているのだ。

　休みが取れず、僕たちの結婚式には出ることができなかったのだが、まさか日本に帰ってきていたなんて。

　啓介は昔から事あるごとにトラブルメーカーになることが多く、ある意味僕とは異なった理由で親戚たちに心配されているのだ。

顔は似ているのに、性格は真逆だとはよく言われていた。

啓介は、気ままな性格な上に空気を読まないところがある。

それなのに人懐っこいところがあって、憎めないところがますますトラブルを招いているのだろう。

自分の弟分に嫉妬をしていたのか、と肩すかしを食らった気分だ。

深く息を吐き出してホッとしていると、啓介はククッと肩を震わせて笑い出す。

「美玖には聞いていたけど、本当に遙ちゃん命だね。可愛くて仕方がないって感じがヒシヒシと」

ニヤニヤと笑ってからかってくる啓介を見て眉間に皺を寄せると、すぐそばに立っていた遙の腕を引き寄せて自分の腕の中へと導く。

慌てる遙を無視して、僕は彼女をギュッと抱きしめたあとに旋毛にキスを一つ落とした。

「ああ、可愛いよ。一時も離したくないほどにね」

「人って変われば変わるもんだよなぁ。親戚一同に心配されるほど女嫌いをしていた新兄ちゃんとは思えないぜ」

「別に変わってはいないけど？　ただ、遙は特別ってだけ」

「本当、新兄ちゃん別人だ。ウケる！」

「……」

本当に兄妹揃って失礼極まりない。眉を顰める僕を見て、再び笑い出す二人の笑い声をかき消すように「ところで」と二人に質問を投げつけた。

「どうして遙とキッチンに立っていたんだ？」

笑いすぎて涙が出たのか。啓介は指で目尻を擦ったあと、ソファーに座って背を預けた。

「今日は突然ここにお邪魔したんだけど。そうしたら新兄ちゃんは学会行っていてまだ帰って来ないっていうからどうしようかと思っていたら、お茶でもどうぞって遙ちゃんが誘ってくれたから上がらせてもらったんだけど……」

「啓介さん！」

僕の腕の中にいる遙が頬を真っ赤にして、啓介が何かを言おうとするのを止めようとしている。

可愛い顔だが、その顔を啓介に向けているのが気に食わない。

ムッとしている僕を見て笑ったあと、啓介はニヤリと意地悪く口角を上げる。

「大好きな旦那様の帰りを今か今かと待っていた遙ちゃんは、美味しいご飯を作って待っていたかったんだとさ。だけど、遙ちゃんの包丁使いが見ていて恐ろしくてね。手伝ってあげていたって訳さ」

「啓介さん！　なんで言っちゃうんですか！」

「ん？　だって、ここでキチンと言っておかないと、新兄ちゃん嫉妬して俺にも被害が来るし、遙ちゃんにも来ちゃうよ？」

「ええ――!?」

そんなことないよね？　と僕に視線を送ってくるが、今回ばかりは啓介が正しい。内緒にされたら、それこそ遙にお仕置きをしつつ尋問をせざるを得なかった。もちろん、身体を可愛がる尋問を。

薄ら笑いをする僕を見て、遙は絶句している。どうやら、啓介が言っていることは正しいのだと読み取ったのだろう。

危険を察知した遙は僕の腕の中から逃げようとしたが、それを阻止する。離すものか。

「は、離してくださいってば！」

「離したくない。ねぇ、遙。僕は君と離れるのがイヤで学会に行きたくないって言っていたぐらいなんだよ？　それなのに、きちんとお仕事してきた僕にご褒美くれたっていいじゃないか」

「ご褒美は、ほら……ご飯作りましたし。頑張ったんですよ？　美玖さんも啓介さんも美味しいって」

「ん？　僕が食べる前に美玖と啓介に味見をさせたの？　ダメだよ、遙。これはお仕置き案件だね」

「なぜ!?」

「美玖だけならまだしも、他の男に遙の手料理を食べさせたくはありません。もったいない」

もったいないって、と啓介が呆れかえった声を上げたが、知らぬふりだ。

腕の中にいる遙に至っては、「訳わからないし！」と抗議の声を上げている。

だが、イヤなものはイヤなのだ。

可愛い遙が、苦手な料理を一生懸命作ってくれた。それも、僕のために。

そんな特別な料理を、従弟（いとこ）とはいえ食べさせたくはない。

こんな考えを僕が持つようになったこと自体、美玖たちからしたら驚きなのだろう。

遙に会うまでは、頑（かたく）なに女性との接触を拒（こば）んでいたのだから、親戚たちが今の僕を見て目を丸くするのも仕方がないのかもしれない。

ギュッと遙を再び抱きしめていると、美玖は呆れかえった様子で椅子から腰を上げた。

「はいはい。新くんは、早く遙と二人っきりになりたいんでしょ？」

「ああ」

「ははは。正直者だねぇ、新くんは」

ひとしきり笑ったあと、美玖は啓介に声をかけた。

「じゃあ、お兄ちゃん。新くんが大暴れする前に帰ろうか」

「そうだな」

啓介も腰を上げてリビングを出ようとしたのだが、ふと何かを思いついたように立ち止まる。

「そうそう、遙ちゃん。美玖から聞いたけど、眼鏡男子が好きなんだってね」

「へ？」

「ここ最近、新兄ちゃんは眼鏡かけていないみたいだからさ。もし、眼鏡男子が所望なら俺を呼んでね」

「啓介さん!!」

「ははは。遙ちゃん、からかうの楽しいなぁ。クセになりそう」

「……勘弁してください」

「じゃあね、ご夫婦仲良くね」

それだけ言うと、啓介と美玖は家を出て行く。

嵐が去ったように急に静かになったリビングだが、トラブルメーカーたちは負の遺産を置いていった。

それは遙にもわかっていたようで、どこか逃げ腰だ。

　僕の腕の中からこそこそと逃げだした遙の腕を掴んで、彼女の名前を呼ぶ。

「遙？」

「は、はいっ!!」

「遙は眼鏡フェチだよね？」

「は、はい……」

　小さく縮こまる遙だが、僕は容赦しない。不安の芽は小さいうちに摘んでおく。鉄則だ。

　腰を屈め、遙の顔を覗き込むと僕はほほ笑んでみせる。

　だが、きっと目が笑っていないのだろう。遙の頬がピクピクと引き攣っているからだ。

　それでも追駆の手は緩めない。僕は笑顔で――心の中はブリザード気味だが――遙に尋問を続ける。

「眼鏡をかけた啓介にドキドキしちゃいましたか？」

「うっ……そ、そんなことは」

　目が泳いでいる。これは黒と見た。

　僕はすでに笑みを浮かべるのは無理だと諦め、真顔で遙に迫る。

「で？」

「え？」

「啓介に乗り換えようなんて考えていませんよね？」

「なっ!!」

自分で言っていて苦しくなってきた。もし、遙が心変わりをしてしまったなどと言ったら、僕はどうするつもりなのか。

諦めることができるのか。いや、できない。できる訳がない。

離したくはない。そんな僕の気持ちを表すかのように、掴んでいた遙の腕をギュッと握りしめてしまう。

ここまで来ると、溺愛を通り過ぎて怖いほどだ。

遙が顔をしかめた瞬間、ハッと我に返って慌てて彼女の腕を解放した。

「ごめん……痛かったよね、遙」

このまま遙の近くにいたら、彼女を傷つけてしまうかもしれない。それが怖かった。

僕が慌ててリビングを飛びだそうとすると、遙は僕を止めるように叫んだ。

「だって……だって、新先生に見えちゃったんです！」

「え？」

まさかの告白に目が点になる。慌てて振り返って遙を見ると、彼女は首まで真っ赤にして必死になっていた。

ジワジワと目に涙を浮かべ、遙はムキになって続ける。

「眼鏡かけた啓介さん……少し前の、眼鏡をかけていた新先生にそっくりで」

「あ、ああ……」

確かに僕と啓介は似ていると親戚の間でも言われていることだ。実の親たちにも言われているぐらいだから、よく似ているのだろう。

どちらも黒瀬医院の創立者、僕らの祖父にそっくりらしい。遙も同じように感じたのだろう。

先ほどの啓介を思い出してみる。そういえば、僕がよくかけていた眼鏡と同じでスクエア型のフレームだった気が……

考え込んでいた僕に、遙はモジモジと指を弄りながら上目遣いで言う。

「眼鏡をかけた新さん……好き、なの」

「っ!!」

言ったそばから恥ずかしくなったのか。遙は俯いてしまった。

だが、茹で上がったように真っ赤になっていて湯気が出てきそうなほどだ。

可愛い。可愛い。可愛い。

遙は、夫である僕をどうしたいのだろう。日頃は「新先生」と先生をつけて呼ぶのに、こんなときに「新さん」などと呼ばれたら、どんなことでも許してしまいそうだ。

未だに羞恥で顔を上げることができない様子の遙の頭に触れ、「少しだけ待っていて」と言ったあと、僕は自室に行き眼鏡をかけてリビングに戻ってきた。

遙はようやく顔を上げることができたようだが、僕の顔を見た途端慌てて視線を逸らす。

耳が真っ赤だ。遙が照れているのだろうことは、一目瞭然である。

「遙」

「も、もう……狡い。いつもドキドキさせられっぱなしなのに、眼鏡かけるとか……。もっとドキドキしちゃうじゃない」

視線を泳がせながら、唇を尖らせている遙は文句なしに可愛い。

その可愛い唇に吸い寄せられるように、チュッと音を立てて小さくキスをする。

「やっぱり、眼鏡があるとキスをするとき邪魔だね。でも、遙は僕が眼鏡をかけているのが好きなんでしょう？」

「ううっ……」

「ずっと眼鏡かけていようか？」

遙には僕にいつでも恋していてもらいたいから。遙の耳元で囁くと、彼女は何度も首を横に振る。

「ダメ」

「え？」

まさか拒否されるとは思わず目を見開いていると、遙はようやく僕に視線を合わせてきた。

「新先生、そうじゃなくても格好いいのに……これ以上格好よくなったら、他の女の人に取られちゃうかもしれないじゃない」

「え？」

「眼鏡かけている新先生、格好よすぎるから。他の人には見せたくないの!!」

「遙？」

「でも、眼鏡かけている新先生を見ていたいの。ごめんなさい、すっごく我儘なこと言ってる」

自分の発言に恥ずかしくなって耐えきれなくなったのか。遙は顔を両手で隠して首を振っている。

遙が見せてくれた独占欲。それを感じることができて、胸がとてつもなく熱くなる。

顔を隠したままの遙の頭を包み込むように抱きしめ、僕は彼女の髪に顔を埋めた。

「じゃあ、眼鏡フェチの遙の前だけ眼鏡をかけることにする」

「そ、それも……困る」

「え？」

喜ぶかと思ったら、意外な反応が返ってきた。

腕の中から僕の顔を見上げたあと、遥はポツリと呟く。

「ドキドキしすぎて……どうしようもなくなっちゃうじゃない」

「っ！」

「キャッ!!」

ああ、もう。我慢ならない。そんな可愛いことばかり言う遥には、お仕置き決定。

もちろん、彼女の心と身体に甘く蕩（とろ）けるほどのお仕置きをしてやる。

僕は遥を抱き上げ、目指すはベッドルームだ。

慌てて僕の首に腕を絡ませた遥を誘惑するように、僕は彼女の唇にキスをする。

「っふ……んん、っぁ」

遥の甘い吐息が零（こぼ）れ落ちた。その声を聞くたびに、身体中が彼女を欲して仕方がなくなる。

何度も角度を変えて口内に舌を忍ばせては、彼女の甘い口内を堪能（たんのう）した。

ゆっくりと唇を離したあと、遥をベッドに押し倒す。

「いつもドキドキしているのは、僕の方ですよ。だから、遥にも同じ気持ちを味わわせてあげる。ねぇ、遥。今日は眼鏡をかけたまま抱くよ？」

「な、なっ……!!」

「ドキドキして、僕以外の男には目も向けられないようにしてあげる」

「あ、新先生？」

「どんな男が眼鏡をしていても、僕にしか欲情しないように……するから」

「っ！」

啓介の件をチクリと指摘したことがわかったのだろう。遙は逃げ腰だが、許さないよ。

「遙、諦めて？　僕はずっと君を誘惑し続けるから」

「も、もうっ！」

そっぽを向いた遙だったが、小声で僕の理性を粉々にするようなことを呟いた。

「じゃあ、ずっと私に欲情していて？」

遙に艶っぽくおねだりされたら、僕なんてひとたまりもない。

こちらが遙を誘惑しようとしていたのに、逆に誘惑されてしまった。

遙にはいつまで経っても敵う気がしない。惚れた弱みは、どうやら一生続きそうだ。

「喜んで欲情させてもらうよ」

僕は蜜に吸い寄る蝶のように、遙の唇を貪り始めたのだった。

恋愛小説「エタニティブックス」の人気作を漫画化！
EC
Eternity COMICS
年下↓婿さま
漫画→瓦田・ヴィンチ
Kawarada Vinci
原作→橘 柚葉
Yuzuha Tachibana
結婚相手が
六つも年下の
イケメンだなんて！
この唇も
身体も
俺のもの
だから
ギシ
ぴくっ
ギシ
あっ
二十九歳の内気なOL・咲良(さら)はある日、叔母の指示で六歳年下のイケメン御曹司、春馬(はるま)とお見合いをすることに。若い相手に驚く咲良。理由を聞いたところ、彼の実家の会社が経営危機で叔母の会社とどうしても提携をしたいのだとか。そして叔母が出した提携の条件が咲良との結婚……つまり、政略結婚！　なのに彼は政略結婚とは思えないほど猛アプローチしてきて――!?
年下↓婿さま
瓦田・ヴィンチ
橘 柚葉
私がはまった
エタニティCOMICS
御曹司の甘い罠
B6判　定価：640円＋税　ISBN 978-4-434-24060-7

エタニティ文庫

ニセ恋人の溺愛は超不埒!?

エタニティ文庫・赤

恋活！

橘柚葉（たちばなゆずは）　装丁イラスト／おんつ

文庫本／定価：本体 640 円＋税

最近とんでもなくツイていない枯れＯＬの茜（あかね）。しかも占いで「男を作らないと今年いっぱい災難が続く」と言われてしまった！　そこで仲良しのイケメン同期に、期間限定の恋人役をお願いすることに。ところが、演技とは思えないほど熱烈に迫られてしまって——!?

※エタニティブックスは大人の女性のための恋愛小説レーベルです。ロゴマークの色で性描写の有無を判断することができます（赤・一定以上の性描写あり、ロゼ・性描写あり、白・性描写なし）。

詳しくは公式サイトにてご確認ください。
https://eternity.alphapolis.co.jp

携帯サイトはこちらから！

本書は、2017年1月当社より単行本として刊行されたものに、書き下ろしを加えて文庫化したものです。


この作品に対する皆様のご意見・ご感想をお待ちしております。

おハガキ・お手紙は以下の宛先にお送りください。

【宛先】

〒150-6008 東京都渋谷区恵比寿4-20-3 恵比寿ガーデンプレイスタワー8F
(株) アルファポリス　書籍感想係

メールフォームでのご意見・ご感想は右のQRコードから、
あるいは以下のワードで検索をかけてください。

ご感想はこちらから

エタニティ文庫

甘(あま)すぎる求愛(きゅうあい)の断(ことわ)り方(かた)

橘(たちばな) 柚葉(ゆずは)

2020年7月15日初版発行

文庫編集－熊澤菜々子・塙綾子
発行者－梶本雄介
発行所－株式会社アルファポリス
〒150-6008 東京都渋谷区恵比寿4-20-3 恵比寿ガーデンプレイスタワー8F
TEL 03-6277-1601（営業） 03-6277-1602（編集）
URL https://www.alphapolis.co.jp/
発売元－株式会社星雲社（共同出版社・流通責任出版社）
〒112-0005 東京都文京区水道1-3-30
TEL 03-3868-3275
装丁イラスト－青井みと
装丁デザイン－ansyyqdesign
印刷－中央精版印刷株式会社

価格はカバーに表示されてあります。

落丁乱丁の場合はアルファポリスまでご連絡ください。

送料は小社負担でお取り替えします。


ISBN978-4-434-27604-0 C0193